좀비
어느 살인자의 이야기

ZOMBIE
by JOYCE CAROL OATES

Copyright ⓒ 1995 by The Ontario Review
All rights reserved

Korean translation copyright ⓒ 2012
by Foret, an imprint of Munhakdongne Publishing Corp.
Korean translation rights arranged with JOHN HAWKINS & ASSOCIATES, INC.
through EYA(Eric Yang Agency).

이 책의 한국어판 저작권은 EYA(에릭양 에이전시)를 통해
JOHN HAWKINS & ASSOCIATES, INC.와 독점 계약한
출판그룹 문학동네의 임프린트 포레에 있습니다.
저작권법에 의하여 한국 내에서 보호를 받는 저작물이므로
무단전재와 무단복제를 금합니다.

이 도서의 국립중앙도서관 출판시도서목록(CIP)은
e-CIP 홈페이지(http://www.nl.go.kr/ecip)와
국가자료공동목록시스템(http://www.nl.go.kr/kolisnet)에서 이용하실 수 있습니다.
(CIP제어번호: CIP2012001335)

좀비
Zombie
어느 살인자의 이야기

조이스 캐럴 오츠 장편소설 | **공경희** 옮김

포레
forêt

작가의 일러두기

- 13장에 나오는 글은 데이비드 누난, 『신경: 뇌수술과 신경학적 약물의 최전선에서의 삶Neuro-: Life on the Frontlines of Brain Surgery and Neurological Medicine』(사이먼앤슈스터, 1989), 200~202쪽에서 인용했다.
- 13장에 나오는 그림은 월트 프리먼, 『왕립의학회 회보』, 1942, 8~12쪽에서 인용했다.
- 1부의 일부는 1994년 『뉴요커』에 다른 형태로 게재됐다.

1부 | 집행유예
007

2부 | 일은 어떻게 굴러가는가
135

옮긴이의 말
263

집행유예

1

내 이름은 Q__ P__. 산 세월은 삼십일 년하고도 삼 개월. 키 178센티미터, 몸무게 67킬로그램.

갈색 눈, 갈색 머리. 보통 체구. 팔과 등에 주근깨 약간. 양쪽 눈 모두 난시여서 운전 중에는 안경 필요.

외모 특징, 없음.

양쪽 무릎에 난 벌레 모양의 흉터를 제외하면. 어릴 때 자전거를 타다가 다쳤다고 한다. 기억나지 않아서 난 부정하지 않는다.

나는 좀처럼 부정하지 않는다. 상대방이 그럴듯한 말을

하면 맞장구를 친다. 상대방이 입술을 달싹이면 나는 "네, 그렇죠" "그럼요"라고 말한다. 피부색이 고스란히 드러나는 투명한 뿔테 안경을 쓰고서.

전형적인 백인의 피부색이다. 내가 아는 한 친가 외가 사람 모두 전형적인 백인이다.

마지막으로 검사했을 때의 아이큐는 112. 그전에 검사했을 때는 107. 고교 시절에 검사했을 때는 121.

미시건 주 마운트 버넌 태생. 1963년 2월 11일생. 데일 스프링스 공립학교에 다님. 데일 스프링스 고등학교 1981학년도 졸업. Q__ P__, 118명 중 44등으로 졸업. 어느 대학에서도 장학금을 받지 못했다. 운동부에 들지도 못했고, 교지나 앨범 같은 데도 등장하지 못했다. 쫄딱 망한 12학년 미적분 과목을 제외하면 수학에서는 최고점을 받았다.

격주로 목요일 열시에 마운트 버넌 시내에서 나를 담당하는 보호관찰관 T__ 씨를 만난다. 주치의인 정신과 닥터 E__는 월요일 오후 네시, 대학병원에서 만난다. 화요일 저녁 일곱시에는 닥터 B__와 함께하는 집단치료가 있다.

난 잘하고 있는 것 같지 않다. 아니면 그저 괜찮은 정도다. 그들이 보고서를 작성하고 있다는 것을 안다. 하지만 내가 보고서를 보는 것은 허용되지 않는다. 이들 중 한 명이라도 여자라면 내가 더 잘할 것 같다. 여자들은 사람을 믿는다. 줄곧 지켜보지도 않는다. 지금껏 내 몰락의 원인은 눈맞춤이었다.

T__ 씨는 테이프를 틀어놓은 것처럼 질문한다. 난 "네, 그렇죠"라고 대답한다. "그럼요." 내겐 직장이 있다. 지금은 규칙적으로 일한다. 내게 약을 처방하는 사람은 바로 닥터 E__다. 그는 내 입을 열게 하려고 질문 공세를 한다. 혀가 말하는 데 방해된다. 닥터 B__는 집단치료 참가자들의 입을 열기 위해 이야기를 하면서 쓱 질문을 던진다. 그들은 헛소리의 대가들이다. 존경스럽다. 나는 옷 속에 들어앉아 신발을 물끄러미 내려다본다. 몸 전체가 둔한 혀 같다.

나는 포드 승합차를 몰고 사방을 누빈다. 1987년 모델로 젖은 모래 같은 색이다. 새 차는 아니지만 믿을 만하다. 단단한 벽을 눈에 안 보이게 통과하듯 차가 눈앞을 쓱 지나간다. 승합차의 뒤쪽 창문에는 실제 깃발 크기의 성조기가 붙어 있다.

범퍼에는 동물 앞에서 멈춥니다라는 스티커가 붙어 있다. 범퍼에 스티커를 붙이길 잘했다는 생각이 든다.

2

 시간이 내 바깥에 있는지 궁금해지기 시작한 것은 고등학교에 다닐 때였다. 사물이 휙휙 지나가기 시작하던 때. 아니, 시간은 내 안에 있나.
 바깥에 있다면 망할 놈의 시계나 달력과 보조를 맞춰야 한다. 늑장부리면 안 된다. 만약 시간이 내 안에 있다면 원하는 대로 하면 된다. 자기 시간을 만드는 것이다. 내가 그랬듯이 시계에서 바늘을 빼버릴 수도 있다. 그러면 숫자판이 나를 물끄러미 쳐다본다.

3

나는 데일 카운티 공과대학 학생이다. 봄학기에 3학점 짜리 두 과목을 신청했다. 공학개론, 디지털컴퓨터 프로그래밍 개론.

Q__ P__가 공학도가 될 거라는 결정이 내려졌다. 공학의 종류는 다양하다. 화학공학, 토목공학, 전기공학, 기계공학, 항공우주공학. 대학 안내 책자에는 각 과에 필요한 사항들이 나와 있다. 아버지가 계산한 시간이 지나고 나면 Q__ P__는 학위를 받게 될 것이다.

나는 시내 구치소에 갇힌 채 아버지가 보석금을 납부하

기를 기다리면서 연필로 재빨리 계산을 했다. 주변에 널린 낡은 잡지들의 여백 여기저기에. 이상했다. 손이 자기 마음이라도 있는 듯이 멋대로 움직였다. 8학년 때 푼 대수방정식과 비슷했다. 컴퍼스나 자는 없었지만 어쨌든 기하학 도형들을 그렸다. 개미처럼 꼬물꼬물 세로로 길게 나열된 숫자들이 별다른 이유도 없이 더해진 것 같았다. 이유는 모른다. 이런 상태가 오래 지속되었다. 몇 시간이나. 연필심이 잡지 위에서 움직이는 것을 지켜보는데, 잡지에 땀이 뚝뚝 떨어졌다. 심이 뭉툭해지고 연필 자국이 보이지 않게 된 뒤까지도. 경비원이 말을 거는데도 내겐 그 소리가 들리지 않았다.

그들은 나를 격리 수용이라는 것을 시켰다. 구치소 수감자의 91퍼센트는 흑인이나 남미인이고, 백인들은 따로 수용된다. 나는 마약소지 죄로 체포된 백인 둘과 같이 있었다. 내게는 인종차별 죄라는 꼬리표가 붙었다. 하지만 인종차별이 아니다. 난 인종차별이 뭔지 모른다.

나는 인종차별주의자가 아니다. 그놈의 인종차별주의자가 뭔지 모른다.

나는 땀을 흘리면서 연필을 쥔 손을 움직였지만, 말은

하지 않았다. 누구와도 눈을 맞추지 않았다.

감방에 있는 동안 Q__ P__가 아무와도 말하지 않고 눈을 맞추지도 않은 기간이 얼마나 되는가 하는 것도 그들에게는 관찰 항목이었다.

그들은 그런 식으로 영혼 속으로 살그머니 파고든다.

아버지가 어떻게 그것을 알았는지 모르겠다. 구치소 측에서, 밖에서만 보이는 유리창으로 아버지가 나를 지켜볼 수 있도록 해주었는지도 모른다. 감시카메라로 보게 했거나. 그 잡지들을 모아서 아버지에게 넘겨주었는지도 모른다. 그는 P__ 교수, 사람들은 그를 그렇게 부른다. 그는 그때 그 생각이 떠올랐다고 말했다. 내게 공대 등록금을 빌려주면, 내가 공부해서 엔지니어가 될 거라는 생각. 우리 모두 마운트 버넌 주립대학은 잊게 되겠지. 그 학교에서는 되는 일이 없었다. 그건 오래전의 일이다.

더 오래전인 열여덟 살 때, 입실란티에 이스턴 미시건 주립대가 있었다. 그 일에 대해서는 우리 모두 잊어버렸다.

"쿠엔틴은 숫자에 대한 애정을 타고났어." 아버지가 어머니에게 말했다. 내가 듣는 데서 그렇게 말했다. 목에 걸린 것을 뱉지 않으려는 사람처럼 걸쭉한 목소리로. "숫자에 대한 재능이 있지. 나한테 물려받은 거야. 내가 진작 알아봤어야 했는데."

그런 이유 때문에 난 데일 카운티 공과대학의 시간제 학생이 되어 열심히 공부하고 있다. 데일 공대는 현재 나의 거주지에서 11킬로미터 떨어져 있지만, 불편하지 않다고 보호관찰관인 T__ 씨에게 말했다. 포드 승합차를 타고 어디든 다닐 수 있다. 1100킬로미터라 해도 내겐 껌이지만 T__ 씨에게 그 말은 하지 않았다.

4

 지난 월요일부터 내 거주지는 마운트 버넌의 노스 처치 가 118번지다. 유니버시티 하이츠라는 지역이다. 대학 캠퍼스와 가깝다. P__ 교수는 이 대학에 재직하고 있다. (하지만 어머니와 아버지는 시내의 맞은편 교외지역인 데일 스프링스에 산다.)

 노스 처치 가 118번지에서 나는 관리인이다. 한때 내 조부모가 살았던 집이다. 세입자들은 이 사실을 모르고, 나는 앞으로도 그들에게 말하지 않을 것이다.

 아직도 집주인은 데일 스프링스에 사는 친할머니다. 하

지만 내 아버지 R__ P__는 구역설정위원회의 승인을 받아 건물을 아홉 명의 세입자가 거주하는 다세대주택으로 바꿨다.

"우리가 신뢰한다는 증표로 네게 관리를 맡기겠다"라고 아버지가 말했다.

"그럼요, 쿠엔틴은 아주 잘 해낼 거야! 우린 그러리란 걸 알지"라고 어머니가 말했다.

할머니의 집은 흔히 빅토리아식이라고 부르는 빛바랜 빨간 벽돌 건물이다. 누가 건물 전면을 엄지로 가려버린 것처럼 뿌옇게 보인다. 3층에 다락방이 있다. 전에 건물 뒤쪽으로 증축한 이 방은 창고로 쓰고 있다. 부엌이 널찍해서 세입자들은 '주방 사용 특전'을 누린다. 깊숙한 지하실은 세입자 출입 금지 구역이다. 돌바닥이 굉장히 단단하다. 덤불을 헤치다가 전면 오른쪽 구석에서 1892년이라고 새겨진 석판을 발견했다.

세입자는 대학생들이다. 아버지는 1978년부터 세를 놓으려고 방을 여러 개로 쪼갰다고 했다. 내가 이 사실을 알았는지 몰랐는지 모르겠다.

난 이 건물의 관리인 자격으로 1층 뒤쪽에 있는 방에 산다. 관리인에게 제공되는 숙소다. 이 방에 갖춰진 단독 욕실에는 샤워 부스와 변기가 있다. 예전에 아버지는 관리인들을 고용했지만, 그들에 대해서는 아는 바 없다.

위층과 지하실로 이어지는 뒤쪽 계단은 관리인실에서 가까워서 편리하다. 누구든 내 방을 지나야 이 계단을 이용할 수 있다. 관리인의 장비와 도구, 작업대 등이 지하실에 있다.

나는 집의 모든 층에 드나들 수 있다. 관리인이니까. 내 아버지 R__ P__는 내게 이 책임을 맡겼고, 부모에게 보상할 기회가 생긴 것이 나로선 고맙다. 내가 가진 마스터키로 어느 방이든 열 수 있다.

우리 집에 세든 학생들은 대개 외국 유학생이다. 인도, 중국, 파키스탄, 아프리카 출신이다. 그들은 처음에는 문을 제대로 못 열어서 내게 도움을 구하는 경우가 많다. 그들은 나를 P__ 씨라고 부르고, 나는 필요 이상의 말은 하지 않고 눈도 맞추지 않지만 늘 그들의 요청에 응답한다.

그들은 "감사합니다, P__ 씨"라거나 "고맙습니다"라고 인사한다.

거무스름한 피부와 반짝이는 검은 눈. 검은 머리는 기름을 바른 것 같다. 그들에게는 익어가는 자두 같은 냄새가 난다. 수줍고, 미국 학생들보다 예의 바르며, 제 날짜에 집세를 내고, 미국 학생들이라면 눈치챘을 만한 사항들을 모른다. 또 미국 학생들처럼 방을 쓰레기통으로 만들지도 않는다. 그래서 아버지는 세입자로 외국 유학생을 선호한다고 말한다. 저녁에는 조용하다. 책상머리를 지키며 공부한다. 모두 기숙사와 식사 계약을 해서 부엌은 거의 사용하지 않기 때문에 부엌은 내가 주로 쓴다. 하지만 난 부엌에서 식사하지 않고 내 방에서 텔레비전을 보면서 먹는다. 외출하지 않을 때는 그렇다.

노스 처치 가의 주택들은 모두 벽돌이나 나무로 된 낡은 빅토리아식 건물이다. 대지가 넓다. 아버지가 어렸고 조부모가 한창때였을 때, 물론 이 집에는 한 가족만 살았다. 이곳은 고급 주택가였다. 유니버시티 하이츠. 할머니는 2차 대전 뒤에 변화가 시작됐다고 말한다. 마운트 버넌 전역이 그랬다. 이제 노스 처치 가의 주택들은 우리 집처럼 셋집이거나 사무실 건물이다. 혹은 동아시아 언어학과 건물인 옆집처럼 대학 소유의 건물이다. 세 블록 떨어진 노스 처치 가와 7가가 만나는 곳의 땅이 파헤쳐졌다. 총장 사택에서 세 블록 떨어진 그곳에 고층 주차장이 생겼다. 할머니는 "흉하기도 하지!"라고 말했다. 그 위쪽에 얼마 전 버거킹이 문을 열었다. 할머니는 아직 보지 못했지만, 나는 가끔 거기서 햄버거와 감자튀김을 사 와 내 방에서 텔레비전을 보거나 과제를 하면서 먹는다.

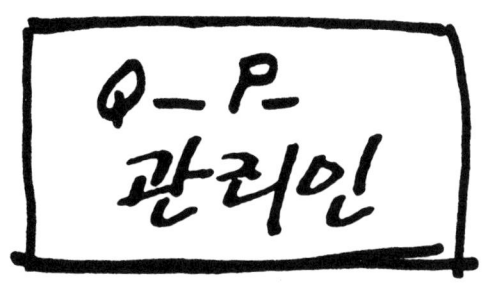

이것은 내 문 옆에 붙인 작고 하얀 카드다. 검은 사인펜으로 내가 직접 썼다.

5

 월요일 오후 네시부터 네시 오십분. 마운트 버넌 종합병원. 닥터 E__는 "어떤 꿈을 꾸나요, 쿠엔틴? 어떤 공상을 합니까?"라고 묻는다. 앉아서 바닥을 멍하니 내려다본다. 혹은 **빡빡** 닦은 내 손을 바라본다. 닥터 E__의 책상에는 시계가 있다. 그는 시계를 볼 수 있지만 내 자리에서는 보이지 않는다. 하지만 나는 **건포도** 눈의 손목시계를 차고 있다. 비싼 디지털시계다. 흑단 색깔의 시계를 손목 안쪽으로 돌려 차서 오후 네시 오십분을 향해 가는 번뜩이는 작은 황동색 숫자를 나만 볼 수 있다.

닥터 E__에게 말할 꿈을 지어내려 애쓴다. 닥터 E__에게 털어놓을 만한 것으로. 꿈이 될 만한 것. 어떤 사람이 꾸었을 법한 꿈. 날아다니는 꿈? 하늘에서? 헤엄? 미시건 호에서? 매니스티 국립공원 안에 있는 깊고 물살이 빠른 이름 없는 강에서? 닥터 E__가 빤히 쳐다보지만 않으면 좋겠다. 그의 권위는 그가 종합병원(미시건 주립대 부속병원이다)의 정신과 닥터 E__라는 데 있다. 닥터 E__는 아버지가 나를 위해 개인적으로 의뢰한 내 정신과 주치의인데, 그는 미시건 보호관찰국에 보고서를 제출하고, 내게는 진료비 청구액을 비밀로 한다. 닥터 E__의 진료실에서 머리가 무거워지지 않으면 좋겠다. 내 머리는 마치 팬케이크 반죽처럼, 날것처럼 부드럽고 걸쭉하고 핏기 없는 물질로 변한다.

전에 닥터 E__의 진료실에서 한동안 모두 입을 다물고 있을 때, 내 입이 시체처럼 벌어지고 침이 턱으로 흘러내리는 것을 느꼈다. 큰 궁둥이가 꽉 끼는 딱딱하고 미끄러운 나무 의자에 앉아 있으려니 절로 몸이 숙여졌다. 머리를 늘어뜨리고 어깨가 구부정해지자, 아버지는 못마땅해서 "쿠엔틴, 제발이지 자세 좀 바로 해라!"라고 속삭였다. 코 고는 소리였을지도 모르지만 말벌 같은 거슬리는 소리가 났다.

난감한 구석이 있었다. 닥터 E__의 진료실에서 잠드는 데는. 그런 일이 벌어졌다면 말이다. 닥터 E__는 책상에 놓인 시계를 힐끗 보았다. 책상에 서류 몇 장이 놓여 있었다.

Q__ P__가 돌아가면 컴퓨터에 입력할 것들을 정리하겠지.

닥터 E__에게 아버지와 친구 사이인지 물어볼 수가 없다. 그렇다고 믿을 만한 근거가 있지만 (둘 다 주립대학의 고참 교수) 내가 물으면 두 사람 다 부인할 것이다. 난 묻지 않는다.

내가 진찰실에서 나오면 닥터 E__는 수화기를 들고 R__ P__의 연구실로 전화할 것이다. "아드님 쿠엔틴이 그다지 호전되는 것 같지 않아요. 그가 꿈을 꾸지 않는다는 것과 그의 자세가 아주 나쁘다는 것을 아셨습니까?"

몇 주 전, 그날 오후 닥터 E__는 예의를 차려, 내가 책상 맞은편 의자에서 잠든 것을 알은체하지 않았다. 독한 약 때문이겠지. 그는 그렇게 생각했을 것이다. 아니면 닥터 E__는 눈치채지 못했다. 왜냐하면, 그 역시 가끔 조니까. 두꺼비처럼 무거운 눈꺼풀. 비가 내렸고, 그의 머리 뒤쪽 창문으로 빗줄기가 가늘게 흘러내렸다.

   그가 처방전을 써서 내게 주었다. 적혀 있는 대로 복용하도록. 치료비는 아버지의 건강보험으로 해결될 테고. 직원회의가 있어서 나만 괜찮으면 이번 주 상담은 몇 분 일찍 끝내고 싶다고 했다. (내 손목시계는 오후 네시 삼십육분을 가리키고 있었다.) 나는 괜찮았다.

 지난밤 늦게까지 지하실에서 일했다. 낡은 물탱크에서 물이 새는 것을 급히 수리했다. 나는 목적이 있는 일을 할 때는 열심히 하는 타입이다. 잘 필요가 없어서 (저녁에 먹어야 할 약을 복용하지 않았다.) 새벽 세시에 다락방에 올라갔다. 집 앞쪽으로 별 모양의 창문이 나 있다. 천장의 제일 높은 부분도 똑바로 서 있을 수 있을 만큼 높지 않아서 쭈그리고 앉아 밤하늘을 올려다보아야 했다. 달이 너무 환해서 눈부셨다! 지하실에 있었는데 거기 달이 떴다는 것을 어떻게 알았을까. 달 위로 구름 조각들이 엉키고 뒤섞이며 휙휙 지나가는 것이 꼭 들을 수 없는 생각들 같다.

너무 서글프고 후줄근한 쿠엔틴.

하지만 이제 심기일전하는 거야. 그렇지 않니, 얘야?

3층 복도 뒤편의 가파르고 좁은 계단을 오르면 다락방이 나온다. 다락방은 잠겨 있고, 지하실처럼 세입자들에게는 **출입 금지** 구역이다. 나는 털양말을 신고 조용히 걸었다. 계단 바로 밑 방에 사는 파키스탄 대학원생을 깨우고 싶지 않았다.

라미드는 좀비로 만들기엔 안전한 대상이 아닐 것이다. 이 지붕 아래 사는 인간들이 모두 그렇다. 그럴 생각은 해본 적 없다.

다락방에서 매캐한 먼지 냄새와 달짝지근하고 시큼한

죽은 쥐 냄새가 났다. 심호흡을 크게, 다시, 또다시 하자 허파에 풍선같이 공기가 찼다. 내게 그 엿 같은 약이 필요하지 않다는 증거다. 내가 아프다고? 누가 그래? 손전등으로 다락방 구석구석을 비춘다.

정말이지 이제 딱 좋은 때가 왔어. 문제를 밖으로 끄집어내는 거야. 아주 잘 보이게.

전에 여기 와본 일이 있었나? 오래전 한 사내아이가 겁에 질린 채 허겁지겁 올라와 뒤쪽 그늘진 곳에 있는 기둥 위에 반짝이는 플라스틱을 숨긴 적이 있었다. 하지만 캑캑대며 피를 흘리던 그 아이가 나였는지 다른 사람이었는지 모르겠다. 그런데 그때 난 안경을 쓰지 않았다. (열두 살이 되어서야 처방전을 받아 안경을 쓰기 시작하지 않았던가.) 그러니까 그 남자아이는 Q__ P__였을 리 없다. 어쩌면 내가 그 두 가지 일을 혼동하는 거겠지.

망할 놈의 과거. 그건 현재가 아니다. 현재가 아닌 것은 현실이 아니다.

몇 분간 꼼짝도 하지 않는다. 그러는 연습을 했고, 눈이 어둠 속을 꿰뚫는다.

관리인의 손전등이 다락방 구석구석을 비춘다. 그림자가

박쥐들처럼 너울댄다. 빛이, 손에 든 별빛처럼 밝은 불빛이 움직일 때 그림자가 일렁이는 것을 보니 미소가 지어진다. 하지만 그림자를 일렁이게 만드는 건 나다.

창가에 쭈그리고 앉아 달이 시야에서 사라지는 광경을 지켜본다. 꿈은 그런 식으로 스쳐 지나가고, 사람은 그걸 막지 못한다. 심장이 빠르고 세차게 쿵쾅거리더니 딱딱하게 느껴지기 시작한다. 흥분되고, 피가 내 그곳으로 쏠린다. 작업대가 있는 지하실과는 달리 다락방은 안전하지 않다. 나는 물건들을 관리인용 도구와 함께 작업대의 큰 서랍에 넣고 열쇠로 잠갔다.

다락의 이 공간은 전에 곧잘 꾸던 꿈들과 비슷하다. 꿈에서는 단단하기 마련인 물건들이 녹기 시작하고, 그걸 막을 재간이 없다. 통제할 수가 없다. 땅속에 있는 안전한 지하실과는 달리 다락은 땅 위로 높이 있다. 지구의 낮은 곳보다는 높은 곳에 우주선(宇宙線. 우주에서 지구로 쏟아지는 높은 에너지의 미립자와 방사선 등을 총칭하는 말—옮긴이)이 더 집중된다.

화재 위험을 줄이기 위해 다락방을 정리하라고 권한 사람은 아버지였고, 난 알겠다고 말했다. 곧 그 일을 시작할 작정이다. 당장은 지하실이 일순위다.

  아버지는 "이제 우리는 심기일전할 거야. 그렇지 않니, 아들?"이라고 했고, 나는 "그럼요"라고 했다.

7

 그들 중, 그러니까 어머니와 아버지, 할머니, 주니 누나 가운데 그 일을 가장 버거워한 사람이 아버지라는 걸 난 안다. 여자들의 경우는 용서하는 마음을 타고났다. 남자들에게는 그게 훨씬 어렵다.
 외아들에 대해 몇 가지 사실을 알았고, 이런 일들이 공개되자 R__ P__ 교수는 당황했다. "변호인의 의뢰인은 어떻게 주장합니까?"라고 판사가 묻자, 아버지가 나를 위해 고용한 변호사는 이렇게 대답했다. "판사님, 제 의뢰인은 유죄를 인정합니다."

난 마음속으로는 유죄를 인정하지 않았다. 예전이나 지금이나 나는 무죄니까. 하지만 이건 인종 문제이기도 했다. 남자애는 흑인이고 Q__ P__는 백인이어서, 변호사는 아버지에게 지금 마운트 버넌에서는 민감한 사안이라고 조언했다. 사람들이 재판을 주의 깊게 지켜보는 마당에 흑인 판사가 배정되지 않은 것을 고마워해야 한다고.

하지만 나는 다시 가족과 잘 지낸다. 모두에게 다행스러운 일이다. 나는 어머니와 할머니를 교회에 모시고 가서 사 주 연속으로 예배에 출석했다. 할머니를 노인들을 위한 행사장이나 친구들 집으로 모셔다드렸다. 가족에게 마음을 아프게 해서 정말 미안하다고, 그들의 신뢰가 내게 얼마나 의미가 있는지 말했다. "지금부터는 가족이 믿어주시는 만큼 걸맞게 살아갈게요"라고 말했다.

술이 원인인데, 앞으로는 그러지 않겠다고.

그들을 포옹하는 일이 내게는 골 때리게 힘들다! 특히 아버지. 둘은 뼛속까지 뻣뻣해진다. 하지만 난 포옹하고, 내가 잘하고 있다고 믿는다. 어머니, 할머니, 주니 누나는 울었고, 나는 흐르는 눈물을 닦지 않았다.

L__ 판사가 이 년이라고 말하자, 한참 동안 말소리나 숨

소리가 들리지 않았다. 그리고 그는 **집행유예**라고 덧붙였다. 나는 판사의 눈을 똑바로 봐야 했는데 (변호사가 그렇게 조언했기 때문이다.) 그의 눈에는 엄격하지만 친절함이 담겨 있었다.

L__ 판사는 공정한 사람이고 악의가 없으며, 특정 이익 집단에 휘둘리지 않는다는 평을 듣는다. 아버지는 그를, 그는 아버지를 안다. 나는 묻지 않았지만, 마운트 버넌은 각계의 주요 인사들이 서로 아는 곳이다. 어쩌면 그들은 한 군데 또는 여러 군데 클럽에 함께 속한 회원들일 것이다. 아버지는 법원에서 멀지 않은 시내의 마운트 버넌 육상클럽 회원이다.

나중에 아버지는 내 손을 아플 정도로 힘껏 잡더니 포옹했다. 안경 안쪽의 눈에 눈물이 고여 있었다. 눈알이 젤리처럼 흐물흐물 빠져나오려는 것 같았다. 그는 내게 차 열쇠를 주면서 가족을 집까지 데려다주라고 말했다.

아버지의 차 열쇠
(실제크기)

 그 일을 가장 힘들어한 사람이 아버지인 것은, R__ P__ 가 유명한 인물이기 때문이다. 아버지와 어머니는 마운트 버넌에서 삼십 년 넘게 살았고, 학계에서 아버지는 출중한 인물이다.

 아버지가 아인슈타인이나 오펜하이머처럼 유명하다는 말은 아니다. 또 그의 멘토인 워싱턴 연구소의 M__ K__ 박사처럼 유명하지도, 천재도 아니다. 하지만 아버지는 제법 유명하고, 존경받고, 그와 함께 연구하고 싶어 하는 대학원생이 많다. 그는 물리학과 철학 박사이다. 아니 박사학위가 둘이고, 하나를 다른 데서 받은 게 아니라면 둘 다 하버드 박사학위일 것이다. 그는 여러 대학에서 연구했고 아는 사람이 많다.

내가 태어나기 전, 새로 박사가 된 R__ P__는 워싱턴디시에 있는 워싱턴 연구소의 연구원이 되었고, 거기서 연구 과학자로 1958년에 노벨상을 받은 M__ K__ 박사와 친분을 쌓았다. 신경생물학인가 세포생물학 부문이었을 것이다. 내가 자란 데일 스프링스의 집에는 벽난로 선반 위에 정장 차림의 두 남자가 함께 찍은 사진이 있다. 한 사람은 M__ K__고, 한 사람은 너무 젊어서 누구인지 알아보기 힘든 아버지다. 두 사람이 카메라를 향해 웃으면서 악수하는 사진. 카메라 플래시가 터져 그들의 눈에 빨간 빛이 번뜩인다. M__ K__는 흰 머리가 벗어지고 염소수염을 기른 노인이고, R__ P__는 얼핏 그의 아들로 보이기 십상이다. 심각하고 지적이고 겨우 스물아홉 살이지만 이미 논문 몇 편을 발표한 그는, 내 어머니와 (그녀는 사진에 없다.) 결혼한 상태였다.

M__ K__ 박사와 R__ P__의 이 사진은 세 곳에 있다. 대학의 에라스무스 홀에 있는 아버지의 연구실과 데일 스프

링스의 집, 그리고 할머니 집 식당 벽에 가족사진들과 함께 걸려 있다. 손님들은 사진을 보면서 "아! 그거군요?"라고 말하고, 아버지는 애처럼 얼굴을 붉히면서 말한다. "네, 맞습니다. 그분과 잘 아는 사이는 아니었지만, 훌륭한 분이어서 많은 사람의 인생에 영향을 주었고, 분명히 제 삶에도 영향을 주었지요."

몇 년 전 M__ K__ 박사가 여든 살을 일기로 세상을 떠나자 타임, 피플, 뉴욕타임스, 심지어 마운트 버넌 인콰이어러에도 부고 기사가 실렸다. 아버지는 기사를 다 스크랩해서 패널로 만들어 대학 연구실의 벽에 걸어두었다. 나는 디트로이트 프리 프레스에서 부고 기사를 보았고, 아버지를 위해 찢어서 보관해야 했지만 잊었든지 신문을 잃어버렸든지 했다. 나는 디트로이트에 있었다. 가끔 거기 가서 캐스에 있는 호텔에 머무는데, 거기서 나는 **토드 커틀러**라는 이름으로 알려져 있다. 그는 벽돌색 곱슬머리에 콧수염을 기르고 가죽 넥타이를 맨, 냉정하지만 다람쥐같이 생긴 사내였다. 또 누구라도 마음만 먹으면 얼마든지 등쳐 먹을 수도 있는 멍청이였다. 난 '수탉'과 같이 있었고, 우리는 약에 취해 낄낄대면서 신문을 뒤적였다. 기분이 괜찮을 때는 신문을 넘길 때마다 웃음이 난다. 우리 중 하나가 신문을 찢을 것처럼 빠르고 거칠게 넘겼다. 그러다가 나는 노벨상 수상자 사망이라는 부고 기사에 실린 사진을 보았고, '수탉'을 쿡쿡 찌르면서 "아버지가 아는 사람이야"라고 말했다. 그는 "그래? 쳇!"이라고 대꾸했다.

9

내 마음대로 조종할 좀비를 만들자는 아이디어를 처음 떠올린 것은 오 년 전이었다.

하! 전두엽의 신경들에 전기가 통하면서, 쇠줄이 자석에 끌리듯 새롭게 배열되는 경우가 있다. 아주 드문 일이긴 하지만.

"지구는 빠른 속도의 우주선에 의해 지속적인 폭격을 받고 있습니다"라고 어떤 목소리가 강의했다. 증폭된 목소리. 아버지였나? 아니면 P__ 교수인 체하려고 코맹맹이 소리와 헛기침과 효과적으로 들리도록 단어들을 끊어 말하는 다른 인물이었나?

"우주선은 태양계 밖에서 옵니다. 수백만 년 전의 것이지요. 낮은 고도보다는 높은 고도에 집중되어 있습니다." 대학의 어두운 계단식 강의실이었다. 내가 거기 어떻게 갔는지는 알 수 없다. 계단식 강의실에 들어간 기억이 없다. Q__ P__가 P__ 교수의 강의를 들으려고 일부러 숨어든 것이 목격되었을지도 모른다. 혹시 어떤 지식이나 비밀을 찾고 있었을까? 경계하는 눈으로 땅바닥에 코를 박고 쿵쿵대며 뭔가를 찾아다니는 개처럼? 내가 뒷줄에서 깜빡 졸았던 게 분명하다. 정신을 차렸을 때 처음에는 거기가 어디인지 몰랐다. 당시 나는 지금과는 달리 자신을 통제하지 못해서, 사십팔 시간 동안 자지 않고 버티다가 아무 데서나 곯아떨어졌다. 몸에서 열기가 뻗쳤고 숨을 쉬면 쇠붙이 맛이 났다. 사람들이 나와 거리를 두느라 근처에 앉지 않았다는 걸 알아차렸다. 당시 나는 집에 살지 않고 시내에 거처가 있었다. 그 집에는 더운물이 나오지 않아 목욕하기가 힘들었다.

아버지는 강단의 오른쪽에 있었다. 목에 마이크를 걸고서. 계단식 강의실에는 이삼백 명의 학생이 앉아서 필기를 했고, 아버지는 아들을 알아보았는지 아닌지 내색하지 않았다. 하지만 어두워서 나를 보지 못했을 것이다.

"수량화할 수 있고 수량화할 수 없는 물질. 초기 우주에 대한 연구가 보여줍니다." 강의실 앞쪽의 조명을 밝힌 스크린에 컴퓨터 시뮬레이션이 떠올랐다. P__ 교수는 그것을 이억 년 전 우주의 한 부분이라고 말했다. 우주가 초기의 매끈한 상태에서 어떻게 진화했으며, 어떻게 물질을 균등하게 분사시켜서 현재의 초은하 집단과 암흑 물질 상태에 이르렀는지 설명했다. "우주 덩어리의 약 90퍼센트가 수량화할 수 없는 '블랙홀'입니다. 따라서 우주의 대부분은 우리의 도구로는 감지하지 못하고, 우리가 아는 물리학의 법칙에 '따르지' 않습니다."

강의실에서 웅얼웅얼 웅성대는 소리가 나고 진동 같은 것이 느껴졌다. 바닥이 기울어지거나, 발밑에서 지구가 흔들리다가 자리 잡는 느낌. R__ P__ 교수의 학생들은 분주하게 필기를 했고, 나는 그들의 숙인 머리와 어깨를 지켜보다가 그들 중 아무라도 좀비에 딱 맞는 표본이 되겠다는 생각을 했다.

건강하고 젊은 남자라면 좋겠지. 특정 신장, 체중, 체격

등등의 소유자. '패기'와 '원기'가 충만한 사람. 또 잘 매달아둘 수 있으면 좋을 테고.

하지만 대학생은 내게 회피 대상이었다. 그 무지했던 사건 이후 그랬다. Q__ P__가 운이 좋아서 그 일은 무사히 지나갔다. 기숙사 뒤쪽은 어두웠고, 그 대학생은 술에 취해 몸을 굽힌 채 토하고 웩웩거렸다. 그는 내 인기척을 느끼고 고개를 들었다가 타이어 레버에 귀를 맞고 땅바닥에 쓰러졌다. 그가 나를 제대로 볼 틈이 없었기에 뒤탈은 없었다. 난 후드 달린 굵은 마직 재킷을 입었고 목격자가 없었지만, 그래도 겁이 나서 냅다 달렸다. 더 많은 경험이 쌓인 지금이라면 안 그럴 텐데. 아무튼 아무 일도 없었다. 교훈을 얻었다.

또 오래전 입실란티에서, 하도 오래되어 기억도 안 나지만 난 같은 결론에 도달했던 것 같다. 사실은 이렇다. 어느 대학생이든 (집에서 멀리 떠나온 외국 학생을 제외하면) 실종되면 바로 알려지고 말 것이다. 가족들이 그들을 챙기고 그들에게는 가족이 있다.

좀비로 안전한 대상은 타지 사람이다. 히치하이커, 부랑자, 쓰레기 같은 부류. (비쩍 마르거나 마약 중독자나 에이즈 환자만 아니라면.) 또는 시내에서 얼쩡대는 집도 절도 없는 흑인. 아무도 신경 쓰지 않을 인간. 태어나지 말았어야 될 인간.

코맹맹이 소리가 이어지는 계단식 강의실에서 나와 심리학 도서관으로 가서 **전두엽** 수술에 대해 찾아보았다.

10

 이유는 이렇다. 그런 우주(그리고 소멸된 지 수십억 년 된 것들의 복제품!)를 보면, 은하계가 중요하다고 믿는 게 얼마나 엿같이 부질없는지 알게 된다. 하물며 은하계의 어느 별이나 그 칠흑 같은 허공에서 모래알 크기도 안 되는 어느 행성이라면 말할 것도 없겠지. 어느 대륙이나 어느 국가, 어느 주, 어느 군, 어느 도시, 어느 개인은 더더욱 말할 것도 없겠고.

 그 순간, 그 아이디어도 떠올랐다. 나를 지척에서 지켜보는 놈들의 **부릅뜬** 눈 때문에 우라지게 힘든 시기였기에.

11

 나는 디트로이트에서 한동안 지내다가 마운트 버넌으로 돌아와, 리어던 가 12번지에 있는 방 두 칸짜리 집에서 살았다. 아버지와 어머니가 이 주소를 알았고, 아버지가 집에 들렀을 때는 내가 에이스 퀄러티 사에 다니던 참이었다. (트럭에 짐을 싣고 내리는 업무였지만 아버지는 사무직으로 알고 있었다.) 아니면 막 해고당했을 때였다. 계단식 강의실에서 강의를 들은 후 며칠 지나서였다. 아버지가 거기서, 어둠 속에서, 어둠을 꿰뚫고 나를 봤나 해서 내 마음이 복잡했지만 아마도 아닌 것 같았다.

스물일곱 살이니 혼자 힘으로 살 때가 되었고, 정말 그러고 싶었다.

(다만. 내가 형편이 나쁠 때 어머니가 돈을 줬는데, 개인수표가 아니라 현금으로 주었다. 그러니 아버지는 몰랐을 것이다.)

이후 1988년 추수감사절 다음 주. **토끼 장갑**이 사라진 지 열흘하고도 이틀이 지났지만 마운트 버넌 인콰이어러나 지역 텔레비전 방송에는 아무 이야기도 나오지 않았다. 하긴 왜 기사가 나올까? 디트로이트에서 몬태나를 거쳐 아무 흔적도 남기지 않는데.

일 년에 그런 실종자가 수백 수천 명일 터였다. 공중의 참새들처럼 그들은 제 날개로 날아오르고 퍼덕이다가 떨어져서 사라진다. 흔적이 없고 암흑 물질이 그들을 집어삼킨 것은 하나님이나 아신다.

인구 팔천 명인 데일 스프링스는 P__ 일가가 살고 그의 아들 Q__ P__가 성장한 곳이다. 미시건 호수 옆 마운트 버넌의 교외 지역. 나무가 무성하고, 한여름에 마운트 버넌 시에서 차를 몰고 (보이지 않는) 경계선을 넘어가면 푸른 제라늄 화분이 늘어선 곳. 이제 대학가가 대학에서 북서쪽으로 10킬로미터까지 확장되고 있다. 내 셋집은 이 망할 놈의 마운트 버넌 시내에서 남쪽으로 8킬로미터 떨어져 있었다. 그런데 아버지는 지나는 길에 날 보려고 들렀다고 했다.

문을 두드리는 소리가 났다. 난 속눈썹이 끈적이는 눈을 번쩍 떴고, 서늘한 공포감에 심장이 쿵쾅거렸다. 지금은 적당한 때가 아니니까.

뭐라고 소리치고 침대에서 내려와 주섬주섬 바지를 입었다. 지퍼를 올리고, 카키색 담요로 침대 매트리스를 덮었다. 얼룩진 시트와 달큼한 냄새가 가려졌다. 이즈음 난 이 냄새에 익숙해져서 창문을 열었어야 했는데 그러지 않았다.

난 중얼댔다.

"괜찮아. 난 멀쩡해. 괜찮아."

찾아온 사람은 아버지였다. 우리 아버지. 내가 어떻게 지내는지 보려고 들렀다니!

문에는 쇠고리가 걸려 있었다. R__ P__ 교수가 미소 지었다. 황색 코르덴 상의에 모직 바지 차림. 교수들이 쓰는 검은 뿔테 안경이 떡하니 콧등에 걸쳐져 있었다. 나는 더듬더듬 문을 열었다. 쇠고리가 꽉 박혀서 문이 더 이상 열리지 않는다고 둘러댈 셈이었다. 하지만 열린 문 바로 밖에 아버지의 눈이 있었다.

흥분되는 토끼 장갑과 애무하는 꿈에서 빠져나왔다. 변성기 전의 소리처럼 그의 목소리가 내 머릿속에서 맑게 울렸다. 그의 눈은 다 안다는 것처럼 깊어지면서 뿌연 갈색이 되었고, 동공이 바늘만 하게 줄어들었다.

"쿠엔틴, 잘 있었니? 나다! 내가 방해한 거냐?"

내 손이 움직였고 쇠사슬이 벗겨졌다. 아버지는 계단을 올라오느라 숨이 찼는지 문간에 버티고 서서 숨을 몰아쉬며 나를 빤히 쳐다보았다. R__ P__는 교수다운 염소수염이 반들반들한 갈색에서 회색으로 변하자 자존심이 상해서 싹 면도했지만, 아직도 수염 자국이 거뭇거뭇 남아 있었다. 그의 목소리가 날카로웠다.

"얘야?"

그러기 힘들긴 하지만 내가 똑바로 서면 우리는 키가 같다. 나는 아버지와 마주 보려고 고개를 들었다. 늘 그렇듯 잘 지내느냐는 질문을 받았고 대답했다. 그에게 어떻게 지내는지, 집에는 별일 없는지 물었고, 어머니와 할머니가 안부 전하더란 말을 들었다. 또 주니도. 다들 내가 왜 전화하지 않고 집에 들르지 않는지 궁금해하고, 내가 아픈지 걱정한다고 (여자들이 어떤지 알잖아!) 했고, 아버지의 눈이 내게 쏠렸다. 한 가지에 몰두하면 그의 시선이 고정된다는 것을 난 안다. 잠시 침묵이 흐르다가 질문.

"저 캐비닛 말이다, 새것이로구나. 그렇지 않니?"

잠시 침묵이 흐르다가 다시 질문.

"저기 뭐가 들었기에 자물쇠가 필요한 거냐, 얘야?"

나는 구석에 세워진 1.5미터 높이의 철제 캐비닛으로 몸을 돌렸다. 캐비닛은 침대와 욕실 사이에 있었다. 못 보던 물건 같아서 나도 놀랐다.

"운동 용품들이요, 아버지."

내가 말했다. 그리고 얼른 덧붙였다.

"조깅화, 양말. 타월 같은 것들이요."

아버지가 물었다. 워낙 합리적인 사람이니까.

"그런데 왜 자물쇠가 필요하지?"

고등학교의 사물함에 쓰는 다이얼식 자물쇠였다. 나는 번호를 다 외우고 종이를 버렸다.

내가 대답했다.

"캐비닛에 붙어 있었어요, 아버지. 구세군 재활용품점에서 샀어요. 12달러 줬으니 진짜 싸게 샀죠. 원래 자물쇠가 달려 있었어요. 그래야 제대로 활용할 수 있을 테니까요."

"하지만 네게는 필요하지 않을 것 같구나. 왜 그게 필요하겠니?"

마운트 버넌 주립대학의 저명한 교수다웠다. 물리학과와 철학과, 두 학과의 교수. 미시건 주립 연구소의 수석 연구원.

번쩍이는 안경 너머 아버지의 눈. 내가 욕실 바닥에 쭈그리고 앉아 똥 싸던 두 살 때처럼 날 바라본다. 작은 고추를 쪼물대던 다섯 살 때, 티셔츠에 다른 애의 코피를 묻히고 왔던 일곱 살 때, 친구 배리가 웅덩이에 빠졌던 열한 살 때처럼. 아버지의 눈이 가장 강렬하게 내게로 온 것은 열두 살 때였다. 그때 아버지는 『보디빌더』 잡지를 흔들면서 위층으로 뛰어왔다.

"얘야, 얘야."
"왜요, 무슨 일인데요?"
내가 더듬더듬 말했다.

아버지는 잔뜩 인상을 썼다. 쉰일곱 살인 그가 검은 코털이 난 콧구멍을 벌름거렸다.

"왜 '운동 용품들'에 자물쇠를 채워야 하지? 왜 '운동 용품들'에서 이런 냄새가 나는 거냐?"

그러자 생각났다. 아버지는 내가 또 술을 마시고 마약을 한다고 생각하는 거야. 그런 거지? 내가 또다시 건강을 해칠 더러운 습관에 빠져들었다고 생각하는 거지?

토끼 장갑에 대해 그가 뭘 알 수 있을까? 그가 알 수 있겠느냐고.

침대 스프링과 얇은 매트리스 사이에 생선 다듬는 칼,

얼음 깨는 송곳, 38구경 '스미스&웨슨' 권총이 있었지만 난 무력해져서 자신을 보호할 만한 조치를 취할 수가 없었다. 건물이 땅속부터 흔들려서 그러는 것처럼 살짝 떨리는 손을 물끄러미 바라보았다. 궁금했다. 내가 아버지의 목을 조를 수 있을까? 하지만 그는 저항할 거야, 난투가 벌어질 거야, 그는 강해. 싸움 중에 우리는 아주 가까이 있게 되겠지. 나는 생전처음 보는 것처럼 내 손을 빤히 바라보았다. 내 이름이 Q__ P__라는 것을 익히는 것처럼. 그게 나라는 것과 나를 대신해 Q__ P__가 되어줄 다른 사람이 없는 것처럼. 아이 손처럼 손가락이 뭉툭했고, 관절 부분은 굵히고 손톱의 반달 부분은 매끄럽지 않고 이상스레 뿌옜다. 상자 회사에서 가져온 거무튀튀한 비누로 손을 얼마나 많이 씻었던가. 그렇게 자주 칼날로 손톱 밑을 긁어내는데도 계속 때가 끼었다.

    그런데 그때 대답할 말이 떠올랐다.

    내가 말했다.

    "⋯⋯뭔지 알 것 같네요, 아버지. 죽은 쥐예요."

    "죽은 쥐라고?"

    "아니면 생쥐겠죠. 생쥐 떼거나."

"여기 죽은 생쥐 떼가 있다고?"

그는 음식이라고, 상한 음식이라고 생각하고 있었다. 빌어먹을.

그는 주먹 관절로 캐비닛을 두드렸다. 캐비닛은 국방색 페인트가 칠해져 있고 긁힌 자국이 심했다. 그가 두드릴 때마다 캐비닛이 흔들렸다. 아버지의 얼굴에 혐오감으로 주름이 생겼다.

내가 말했다.

"저나 누나나 이렇게 키우시지 않았다는 걸 아, 알아요. 죄송해요."

"쿠엔틴, 언제부터 이 방에서 이런 냄새가 난 거냐?"

"오래되지 않았어요, 아버지. 하루나 이틀쯤이요."

"넌 이 냄새가 거슬리지 않니?"

"이번 주말에 청소할 거예요, 아버지."

"바로 여기서, 냄새나는 이 캐비닛 옆에서 잠을 자면서도 거슬리지 않았다는 거냐?"

"거슬려요, 아버지. 그냥 그걸 가지고 안달하지 않는 것뿐이에요."

"네가 나한테 거짓말하는지도 모른다는 게 몹시 마음에

걸리는구나, 애야."

"저기, 아버지에게 거짓말할 마음은 없어요. 다만 아버지가 뭘 물으시는지 모르는 것뿐이에요."

"난 이 캐비닛에 왜 자물쇠가 채워져 있는지, 그리고 왜 여기서 이런 냄새가 나는지 묻고 있는 거란다. 내가 뭘 묻고 있는지 알면서 그러는구나."

"생쥐 말고는…… 뭘 물으시는지 저는 모르겠는데요, 아버지."

내가 말했다.

"네 어머니가 너를 걱정하고, 나도 너를 걱정한단다. ……네 미래뿐만 아니라 바로 이 순간에 대해서도. 바로 이 순간, 네 삶은 어떠니, 쿠엔틴? 넌 어떻게 설명하겠니?"

아버지가 말했다.

"'바로 이 순간'의 제 삶이요?"

"상자 회사에서 일하고 있니?"

"그럼요. 오늘은 비번일 뿐이에요."

"내가 문을 두드렸을 때 넌 여기서 뭘 하고 있었지?"

"낮잠을 잤어요."

"낮잠? 이런 시간에? 이런…… 냄새가 나는데도? 애야, 네게 대체 무슨 일이 벌어진 거니?"

나는 고개를 저었다. 나는 바닥으로 시선을 내렸지만 제대로 보지는 않았다.

'그가 욕실을 들여다보면 난 끝장이야'라는 생각이 들었다. 욕조를 닦을 시간 여유가 없었다. 샤워커튼에 얼룩이 심했다. 토끼 장갑의 속옷이 피에 젖어 뭉쳐져 있었고, 내가 벗겨낸 음모가 바닥에 흩어져 있었다.

"애야? 내가 너한테 말하고 있잖니. 어떻게 설명할래?"

"저…… 생쥐 말고는 뭐가 문제인지 모르겠는데요."

내가 대답했다.

그런 식이었다. 아버지의 입이 풍선처럼 단어들을 뱉어냈고, 내 입이 어떤 단어들을 만들어냈다. 내겐 익숙한 것이었고, 거기에 위안이 있었다. 아버지는 알고 싶지 않기 때문에 마침내 포기하고, 손수건으로 얼굴을 훔치면서 말했다.

"쿠엔틴, 내가 들른 이유는…… 오늘 저녁에 나와 함께 집으로 가서 저녁을 먹고 싶은지 알고 싶어서란다. 네 엄마가 바나나 커스터드 파이를 만들었거든."

내가 말했다.

"아버지, 감사하지만 저는 배고프지 않아요. 벌써 식사를 했거든요."

12

열두 살, 7학년, 지금 나는 안경을 끼고 있고, 팔이 길고 깡마르고, 겨드랑이와 사타구니에 털이 났다. 그들의 눈길이 나를 비껴가고 선생님들까지도 그렇다. 난 체육 시간에 샤워실에 가는 것을 거부한다. 알몸으로 사람들 사이를 지나는 것을 거부한다. 그들은 성기가 번들거리고, 가슴팍과 배를 벅벅 긁고, 몇몇은 정말 근육이 발달했고 정말 잘생겼고 원숭이처럼 웃어댔다. 그들이 나와 내 눈을 본다면 나는 올챙이처럼 그들 사이를 누비고 지나지 못할 텐데, 그들은 짐작하지 못했다. 그들이 나를 똑바로 봤다면 그걸 알아챘을 테고, 기묘하고 괴상한 쿠엔틴은 못마땅해서 얼굴이 굳었을 텐데. 그때 아버지가 방에서 숙제하는 나를 잡으려고 위층으로 쫓아와서, 내 팔을 잡고 아래층으로 끌고 내려가 차고로 떠밀었다. 그리고 내게 『보디빌더』 잡지들과 놀이터에서 가져와 지난 일자의 신문 더미 뒤에 숨겨두었던 켄 인형(바비 인형 시리즈 중 남자 인형—옮긴이)을 내보였다. 아버지는 얼굴을 붉히며 화를 냈고, 당시 그는 M__ K__ 박사처럼 염소수염을 길렀는데 수염까지 분노로 납빛으로 변했다. 그는 표지와 누군가 붉은색 형광펜으로 그린 그림을 보지 않으려고 잡지를 닭 모가지 비틀듯이 감아쥐었다. 근육질 남자 모델들과 청년들의 사진에 그런 낙서가 더 많았다. 배리가 몇 년 후 몇 킬로그램쯤 살이 쪘다면 그 청년처럼 되었을 것이다. 청년의 사타구니에서 번들거리는 분홍색 바나나가 솟구치고, 어떤 사진들의 신체 부위는 가위로 도려내져 있었다. "넌덜머리 나는구나, 쿠엔틴." 아버지가 입술을 달싹이고 숨을 헐떡거렸다. "이건 구역질 나는 일이야. 평생 다시는 이따위 것을 보고 싶지 않다. 네 어머니에게 아무 말 말기로 하자"라는 말이 이어졌지만 목소리는 잦아들었다.

우리는 같이 증거를 태웠다. 어머니의 눈을 피해 차고 뒤쪽에서.

13

뇌엽 절제술(leucotomy. leuco는 그리스어로 '하얗다'는 뜻)이라고도 알려진 전두엽 절제 수술. 가장 극단적이고, 원상태로 되돌릴 수 없는 정신외과 시술이다. 인간 뇌의 좌우 전두엽에서 흰 물질을 파괴하는 과정. 전두엽과 대뇌변연계와 뇌의 다른 부분을 연결하는 신경로를 절제한다. 바라는 결과 : 영향력을 '잠잠하게 해서' 정신분열증 환자나 그 밖의 다른 정신 질환자의 감정, 동요, 강박적 정신 지각, 물리적 행동을 감소시키는 것. 다섯 살 정도의 어린이들은 이런 식으로 치료될 수도 있다.

책에서 이 페이지를 잘라냈다. 정신외과 서적 더미 뒤쪽, 아무도 보지 못하는 곳에서. 좀비가 내 눈앞에서 현실화되는 것이 보이는 듯했다.

다른 책은 그보다도 훌륭했다. 조지 워싱턴 대학의 월트 프리먼 박사와 제임스 W. 와츠 박사가 쓴 『정신외과학』(1942).

환자가 무의식일 때 엄지와 검지로 눈꺼풀을 들어올려 그림 1의 상태가 되게 한다. 경안 뇌엽 절제술 절차. 뇌엽 절제용 메스 혹은 '얼음송곳'을 작은 채를 이용해서 안구 위쪽의 뼈 속으로 통과시킨다. 그런 다음 뇌엽 절제용 메스의 손잡이를 돌려서 날 끝으로 전두엽 밑부분의 조직을 파괴한다.

안구에서 떨어진 부근에서. 경안 뇌엽 절제용 메스의 끝을 결막낭에 삽입한다. 피부나 속눈썹을 건드리지 않게 조심하면서, 메스의 끝을 안와의 뼈에 닿게 한다. 테이블 옆에 무릎을 꿇고 앉아, 메스가 콧날과 평행을 이루며 살짝 신체의 정중선을 향하도록 겨눈다. 5센티미터 눈금에 다다르면 수술

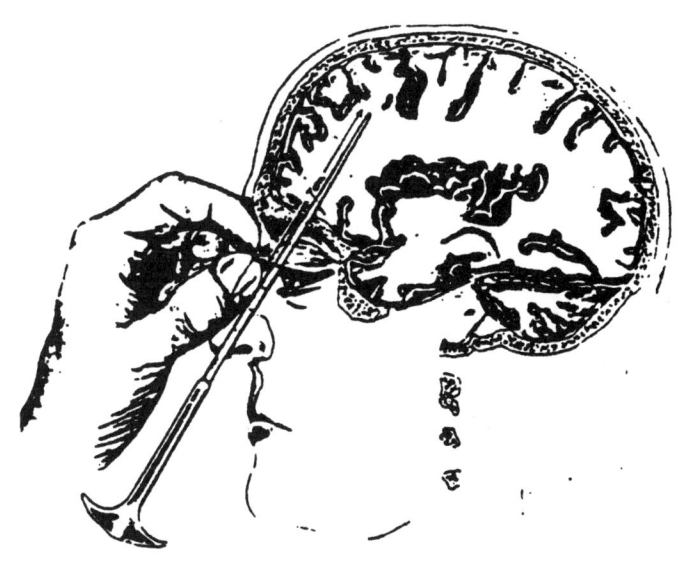

기구의 손잡이를 안와의 테두리가 허용하는 곳까지 옆으로 당겨서, 전두엽 밑부분의 조직을 절제한다. 그런 다음 메스를 이전 위치의 중간으로 되돌려서 눈꺼풀의 빈 공간에서 7센티미터 깊이까지 꽂는다. 다시 최대한 신중하게 메스를 조준해서, 이 위치에서 측면 사진을 촬영한다. 이것이 시술이 자랑할 수 있는 정확도에 가장 근접한 접근이다. 그다음이 까다로운 대목이다. 동맥들이 가까이 있다. 메스를 앞머리 쪽에 두고 중앙으로 15도에서 20도, 옆면으로 30도가량 움직이고, 중간 자리로 되돌린 다음 뒤트는 동작으로 빼낸다. 동시에 눈꺼풀에 상당한 압력을 주어 출혈을 막는다. 그다음 소독한 똑같은 기구를 사용해서 다른 쪽을 시술한다.

나는 발기하면서 책의 이 부분을 잘랐고, 이것이 내 인생의 **전환점**이라는 것을 알았다. 1940년대와 1950년대에 이들은 경안 뇌엽 절제술을 수천 건 시술했고, 아주 수월하게 해냈다. 『정신외과학의 원리』의 저자는 '소박한' 얼음송곳 하나로 하루에 서른 건이나 이 수술을 했다!

아버지와 어머니는 내가 아버지 같은 과학자나 의사가 되기를 바랐다. 하지만 상황은 그렇게 돌아가지 않았다. 그러나 나는 비밀리에 하는 일이긴 해도 내가 경안 뇌엽 절제술을 시술할 수 있음을 알았다. 필요한 것은 얼음송곳 하나와 수술 대상뿐이었다.

14

 화요일 집단치료 중 닥터 B__는 참석자들에게 "마음에서 우러나는" 이야기를 하라고 채근했다. 우리는 모두 열한 명이다. 서로 시선을 피한다. "좋아요, 시작해봅시다. 누가 먼저 하겠습니까?" 내 뒤통수에서 윙윙 이상한 소리가 났다. 계속 어깨 너머를 돌아보고 의자에서 엉덩이를 돌려보지만, 뒤에는 아무도 없거나 있어도 내 눈에는 보이지 않았다. "아무도 다른 사람을 판단하지 않습니다. 그게 기본입니다, 여러분."

 형광등이 켜져 있고 몇 개가 깜빡거렸다. 시멘트 블록을 쌓은 벽에는 겨자색 페인트가 칠해져 있고, 포스터, 전단, 신청서, 메시지가 적힌 매직 존슨(미국의 농구 선수—옮긴이)의 사진. 창문이 없다. 뇌의 회로 같은 철망이 있는 두툼한 유리문만 있을 뿐. 이 유리문이 밖에서만 보이는 유리인지, 우리가 실험용 쥐들처럼 관찰되고 녹화되는지 궁금하다. 매주 그 문을 지나면서 나는 욕설을 내뱉는다.

"좋아요, 여러분, 시작해봅시다. 마음에 있는 것을 말로 명확하게 합시다. 누가 먼저 시작하겠습니까?"

빔이 먼저 나선다. 빔은 치즈 같은 얼굴을 가진 내 또래의 백인 남자다. 할돌(정신분열증 치료제—옮긴이) 때문에 몸을 떨고, 줄곧 코를 흘려서 콧구멍에 반짝이는 콧물이 눈물처럼 매달려 있다. 한번 말을 하거나 웃으면, 말이 빠르고 멈추지도 못한다. 나는 Q__ P__가 무슨 말을 할 수 있을지 궁리하면서 바닥을 내려다본다. 삼 주 연속 여기 앉아 바닥을 내려다보고, 바보처럼 듣지도 말하지도 않는다. 협조하지 않거나 의사소통하지 않으면 넌 끝장이야. 다음은 또 다른 사십대 백인 남자 페르슈다. 늘 모직 재킷에 넥타이 차림이고 항상 싱글벙글하며 모든 사람과 악수하려 든다. 어느 날 그는 거리에서 날 보자 친구라도 되는 듯이 쿠엔틴! 하고 소리쳤고, 난 눈을 맞추지 않고 그의 가슴께를 보면서 그 자리에 서 있었다. 그는 날 빤히 보면서 가까이 다가와 악수하려고 손을 내밀고, 난 그 자리에 뻣뻣하게 서서 숨을 쉬지 않는다. 마침내 그는 "실례했소, 다른 사람인 줄 알고 그만"이라고 말하면서 물러간다. 다음에는 이 뚱보. 나보다 한참 어린데, 튀어나온 배에 카우보이 벨트를 차서 배가 살찐 개구리처럼 턱 쪽으로 솟아 있다. 난 그를 '개구리 주둥이'라고 부르는데 그 역시 말이 무척 빠르고 땀을 흘리면서 헐떡이고, 귀담아듣지 않는데도 그의 말이 내 귀에 들린다. "기억에 사로잡혀서 떨쳐버릴 수 없고, 누이의 자식들에게 지독히 미안" 운운하는 헛소리. 어쩌다 집 주위에 휘발유를 붓고, 집에 사람이 있는 줄 모르고 복수심에 불을 붙였다는 이야기를 오래 이어간다. 그리고 흑인 둘이 있다. 내가 '벨벳 혀'와 '애간장'이라고 부르는 멋진 놈들로 진짜 끝내주는 예술가들이다. Q__ P__는 둘 다 가석방되었다는 것을 알지만 눈을 맞추지 말라고 한다. 그래서 나는 눈을 맞추지 않는다.

   아침과 점심에 약 먹는 걸 깜빡해서 여기 오는 길에 두 번 삼켰다. 승합차에서 맥주를 곁들여 더블 치즈버거와 감자튀김을 먹었다. 세븐일레븐에서 여섯 개들이 캔맥주를 사서 네 캔을 연거푸 마셨다. 우라지게 목이 탔다. 고속도로와 강변 지대를 달리고 주택단지를 지났다. 선고를 받은 후로 출입 금지 구역이다. 경찰이 차를 세우라고 할 위험이 있고 술을 마신 상태지만, 경찰은 차를 세우지 않을 것이다. 머리를 단정하게 자른 백인이 승합차를 정상적으로 운전하고 있으니까. 전조등과 미등을 켜고 제한 속도를 지키며 안전하게 오른쪽 차선으로 가고 있거든. Q__ P__는 열여섯 살 때 운전면허를 땄고 항상 끝내주게 조심해서 운전한다.

그래서 난 멀쩡하고 의젓하고, 남의 말을 경청하거나 그러는 척한다. 닥터 B__는 얼굴을 찌푸리고 고개를 끄덕인다. 나는 그들처럼, 그들이 듣고 있는 것처럼 다 받아들일 것이고, 다음다음이 내 순서라고 겁먹지 않을 작정이다. 또 닥터 B__의 말처럼 토론에 기여하지 않으면 끝장이라는 것을 안다. 그가 보고서에서 내게 나쁜 점수를 주거나 ???라고 표시해놓으리라는 걸 나는 이미 알고 있다. "아무도 여러분을 심판하지 않을 겁니다. 그냥 마음에서 우러나는 말만 하세요. 이야기가 이 방 밖으로 나가지 않을 겁니다, 알겠지요?"

내 어깨는 독수리 어깨처럼 움츠러들고, 나는 신발만 빤히 내려다본다. 녹물 같은 게 묻은 조깅화. "쿠엔틴, 당신은 어떤가요?" 나는 말하려고 입을 벌리고, 이런 소리가 나온다. Q__ P__의 목소리지만 다른 사람의 목소리 같기도 하다. 텔레비전에 나오는 사람이나 어쩌면 빔, 페르슈, '개구리 주둥이'를 흉내 내서 주절주절, 어머니와 아버지의 사랑 넘치는 신뢰를 저버린 게 얼마나 부끄러운지 말한다. 내게 일어난 일 중에서 가장 최악이라고, 그전에도 체포되지는 않았지만 이런 일이 한 번이 아니라 열아홉 살 이후 여러 번 있었다고, 불법 행위를 한 적은 없지만 사소한 잘못은 많이 저질렀다고. (왜 열아홉 살이라고 말했는지는 모르겠지만, 그 나이가 괜찮을 것 같았다. 사실 입실란티에서 그 사건이 일어난 것은 열여덟 살 때였고, 아버지와 어머니는 몹시 당황했다.) 아기 시절로 시간을 되돌려놓고 다시 시작하면 좋겠다고 말했다. 내가 순수하고 착했던 시절로. 하나님과 함께하던 시절로. 나는 신을 믿었지만, 내가 가치 없는 인간이어서 신은 나를 믿지 않는다고 생각했다고 말했다. 어머니가 늙어가기 때문에 올 때면 얼굴이 일그러지고 주름진다고. 나는 얼굴을 그렇게 일그러뜨렸고, 사람들은 당황하면서 눈을 돌렸고 페르슈만 담담하게 처신했다. 닥터 B__는 얼굴을 찌푸리며 고개를 끄덕였다. 흑인인 '벨벳 혀'는 내게 휴지를 주면서도 날 쳐다보지 않았고, 나는 산길을 도망쳐 내려가는 트럭처럼 빠르게 말했다. 내가 '성추행'으로 기소됐을 때 열두 살 그 소년에 대해 얼마나 유감스럽게 (하지만 그 아이가 흑인에 지적장애아에 타고난 좀비—난 그렇게 생각했다!—였다는 세부 사항은 밝히지 않았다.) 생각했는지 말했고, 난 그때 정확히 무슨 일이 벌어졌는지 몰랐다고 말했다. 내 차가 주차돼 있던 골목의 쓰레기 수거함 뒤편에서 내가 그 아이에게 다가갔는지, 아니면 그 아이가 날 따라와서 나도 모르게 달려들었는지 모르겠다고 말했다. 가끔 이해할 수 없는 일이 내게 일어나니까. 너무 급히 벌어지고 혼란스러워서 나로서는 이해가 되지 않는다고. 송곳같이 꿰뚫어보는 눈매를 지닌 그 아이는 열두 살보다 훨씬 나이가 많아 보였다고. 아이는 내게 돈을 요구하면서 안 주면 신고하겠다고 말했다고. 그 아이가 10달러를 요구해서 내가 10달러를 주자 20달러를 요구했고, 20달러를 주자 50달러를 요구했고, 50달러를 주자 100달러를 요구했다고. 그 순간 나는 이성을 잃고 버럭 소리를 지르면서 아이의 몸을 잡고 흔들었지만, 그를 해치지는 않았다고 맹세한다고.

이 대목에 오자 나는 주절대면서 눈물을 질질 흘렸다! 내 안구 안쪽에 질질 흘릴 눈물이 있는 줄 몰랐는데, 일단 눈물이 흐르니 울기 쉬웠다. 사람들 절반은 내게서 눈을 돌렸고, 닥터 B__는 바지 안에서 발기라도 한 듯 얼굴을 붉히면서 그 아이에 대해 물었다. 전혀 모르는 사이가 아니라 동네에서 알던 아이였는지 물었고, 아이에게 애정을 느꼈느냐는 기묘한 질문을 던졌다. 또 그 애정이 농락당한다고 느꼈는지, 자제력을 잃은 게 그 때문인지, 내가 잃은 것은 내 감정에 대한 통제력이 아니었는지, 그게 두려웠는지 물었다. 이제 나는 빔을 흉내 내면서 약간 몸을 떨었다. 손을 떨면서 입꼬리를 올렸고 얼굴은 눈물로 번들거렸다. 나는 처음으로 닥터 B__를 올려다보았고, 눈물이 나를 보호해주고 있었기 때문에 쏘는 듯이 눈을 맞출 수 있었다. 그리고 스스로도 놀랍고 경이롭다는 듯이 크고 분명한 소리로 말했다. "그렇습니다, 선생님. 애정을 느꼈고, 그래서 자제력을 잃었던 거예요."

내가 알기로 집단치료 때마다 닥터 B__는 보호관찰국에 제출할 보고서를 작성했다. 보고서는 대외비여서 우리가 볼 수는 없지만, 그날 저녁 나는 희망적인 말을 들었다. 닥터 B__는 수염을 성기 만지듯 쭉쭉 당기면서 흐뭇한 미소를 지으며 말했다. "쿠엔틴, 마침내 큰 발전을 보이고 있군요. 벽을 뚫고 본인의 감정과 조우한 겁니다, 쿠엔틴!"

15

 진정한 좀비는 영원히 내 것이 될 것이다. 그는 모든 명령과 변덕에 복종할 것이다. "네, 주인님" "알겠습니다, 주인님" 하면서. 내 앞에서 무릎을 꿇은 채 나를 올려다보며 말할 것이다. "사랑합니다, 주인님. 오직 주인님뿐입니다."

 그렇게 될 것이고 그런 존재일 것이다. 진정한 좀비는 '아니다'라는 말은 한마디도 할 수 없고 오직 '그렇다'라는 말만 할 수 있으니까. 그는 두 눈을 맑게 뜨고 있지만, 그 안에서 내다보는 것은 없고 그 뒤에서는 아무 생각도 없을 것이다. 어떠한 심판도 하지 않을 것이다.

당신들과 다르다. 당신들은 나를 지켜보면서 (Q__ P__를 지켜보는 것을 내가 모른다고 생각하지? 보고서를 쓰는 것을 모른다고 생각하지? 당신들이 서로 Q__ P__에 대해 이야기하는 것을 모른다고 생각하지?) 은밀한 생각을 하지? 언제나 그리고 영원히 심판을 내리지.

내 좀비는 심판을 하지 않을 것이다. 내 좀비는 "신이 주인님을 축복하시기를"이라고 말할 것이다. 내 좀비는 "주인님은 선하십니다. 주인님은 친절하시고 자비로우십니다"라고 말할 것이다. "퍼런 내장을 쏟아낼 때까지 마음껏 농락하십시오, 주인님"이라고 말할 것이다. 먹을 것을 애걸하고 숨 쉴 산소를 간구할 것이다. 바지를 적시지 않도록 화장실을 쓰게 해달라고 간청할 것이다. 언제나 공손할 것이다. 웃지도 히죽거리지도 못마땅해서 콧등을 찌푸리지도 않을 것이다. 시키는 대로 혀로 핥고 시키는 대로 입으로 빨 것이다. 시키는 대로 엉덩이를 갖다 댈 것이다. 시키는 대로 곰 인형처럼 폭 안길 것이다. 아기처럼 내 어깨에 머리를 기댈 것이다. 혹은 내가 아기처럼 그의 어깨에 머리를 기댈 것이다. 우리는 서로에게 피자를 먹여줄 것이다. 우리는 관리인 숙소의 침대에 한 이불을 덮고 누워 3월의 바람소리와 음악대학 종탑에서 울리는 종소리를 들을 것이다. 우리는 종소리를 세면서 같은 순간에 나란히 잠들 것이다.

16

 1988년 3월, 난 처음으로 얼음송곳을 구입했다. 차를 몰고 31번 도로를 달리다가 미시건 호숫가로 빠져 스토니 레이크, 세이블 포인트, 러딩턴, 포티지, 아카디아 같은 동네를 스쳐 지났다. 오리털 파카에 털모자, 검은 플라스틱을 내리면 선글라스가 되는 안경을 쓰고, 일주일간 면도를 하지 않은 상태였다. 사거리에 있는 식료품과 철물을 파는 상점에 들어갔고, 목이 쉰 것처럼 소리를 잔뜩 낮추었다. 어려움 없이, 의심도 받지 않고 얼음송곳을 샀다. 노인은 장작을 때는 난로 옆에서 텔레비전을 보다가 구식 금전등록기로 내 물건 값을 계산한다. 그의 얼굴은 말린 자두처럼 쭈글쭈글하고, 나는 "남자라면 이맘때 젠장 할 얼음송곳이 필요하잖아요? 빌어먹을 겨울!" 하고 농담을 던진다. 노인이 영어를 못 알아듣는 듯 눈을 껌뻑이며 나를 쳐다보기에 나는 씩 웃으면서 농담을 한다. "칼바람이 심하죠? 망할 놈의 미시건 겨울 같으니." 이번에는 노인이 알아들었는지 아무튼 입술을 일그러뜨려 히죽대며 동의한다. 경찰이 얼음송곳을 사 간 사람인지 확인해달라며 Q__ P__의 사진을 (면도하고 보통 안경을 쓰고 모자를 벗은) 보여줘도 노인은 고개를 저으면서 '아니, 이런 사람은 못 봤소'라고 말하리란 생각이 든다.

꽝꽝 언 물가가 내려다보이는 곳에 승합차를 세운다. 호수와 쇳조각 같은 회색 하늘을 빤히 쳐다보니 어디가 끝이고 어디가 시작인지 가늠할 수가 없다. Q_ P_는 믿지 않는 그 개똥 같은 것을 믿는다면 지상에서 하늘로 걸어 올라갈 수도 있으련만! 손에 얼음송곳을 쥐고 콕콕 찌르고 목표물에 쑥 박으니 갑자기 아무 경고도 없이 흥분되면서 바지 속이 불끈한다. 빌어먹을 지퍼를 내릴 새도 없이 맙소사. 이게 앞으로 벌어질 일의 신호탄일까?

17

 노스 처치 가의 쓰레기 수거일은 월요일과 목요일 아침이다. 그래서 나는 오전 일곱시 삼십분경 노란 플라스틱 통을 인도에 내놓는데, 별로 어려운 일은 아니다. 허약한 사람들처럼 많이 잘 필요가 없어서 일찍 일어나니까. 운동복을 입고 타이거즈 야구모자를 쓰고, 자기 일에만 신경쓰는 사람처럼 앞만 보고 걷는다. 그때 망할 놈의 하늘에서 이 소리가 난다!—부드러운 콧노래 같은 소리! 난 제대로 못 듣고 몸을 휙 돌리다가 베트남 말 같은 소리를 듣고 영화에서처럼 화들짝 놀란다. 세입자다! 세입자 라미드.

예의 바른 그는 학교에 가는 길이다. 꼬마처럼 후드를 쓰고 꼬마 같은 얼굴에 잘 씹히지 않는 대추야자 같은 눈을 가진 그는 내게 도움이 필요한지 묻는다. 나는 그를 바라보고 눈을 맞추지만 한순간일 뿐이고 곧 진정하고 "고맙지만 내 일이에요. 아무튼 고마워요"라고 대꾸한다.

18

 닥터 E__는 "품고 있는 환상들의 특징은 무엇인가요, 쿠엔틴?"이라고 묻는다. 나는 멍해서 말없이 얼굴만 붉힌다. 학창 시절 선생님의 질문에 대답도 하지 못하고 질문을 이해하지도 못했을 때처럼. (다들 나를 빤히 쳐다보는 와중에) 마침내 말을 하는데 너무 소리가 작아서 닥터 E__는 귀에 손을 대고 듣는다. "선생님이 '환상'이라고 부르는 것이 제겐 없는 것 같은데요. 모르겠어요."

19

토끼 장갑, 건포도 눈, 덩치를 수술하던 시절, 나는 노스 처치 가 118번지의 관리인 숙소는 물론 지하실도 쓰지 못했다. 그저 승합차와 12번가에 있는 방 두 칸짜리 거처가 전부였다. 욕실의 욕조에서 처리했다.

과정은 조악했고 실험이 계속되면서 난 연신 좌절에 빠졌다. 라디오를 크게 틀어둬야 했는데, 머스키건(미시건 주에 있는 항만 도시—옮긴이)의 더블유엠더블유엠 라디오 방송에서 헤비메탈 음악이 흘러나왔다. 이따금 망할 놈의 광고가 튀어나왔고, 미묘한 순간에 낯선 사람의 목소리가 방해했다. 손이 떨리거나 집중력을 잃거나 끈적끈적한 풀을 뚫고 움직이는 꿈속에서처럼 손이 지시하는 대로 일을 해내지 못하거나 하면…… 망하는 거였다.

첫 대상으로 내가 희망을 걸었던 토끼 장갑은 내가 그림에 나온 각도대로 얼음송곳을 안구 위쪽의 안와 (아무튼 뚫고 지나갈 수 있는 뼈) 사이로 넣자 미친 사람처럼 경련하면서, 스펀지 재갈이 물리고 몸이 묶인 상태에서도 비명을 질렀다. 발목을 고정한 가는 철사를 벗겨내려 바둥댔지만, 그는 의식을 되찾지 못했다. 나는 그의 얼굴에 물을 뿌려 피를 닦고 되살리려 애썼지만 십이 분 후 죽어버렸다. 내 첫 번째 좀비는 망할 놈의 F학점이었다.

건포도 눈은 욕조 안에서 일곱 시간 동안 가끔 의식을 찾고 코를 드르릉거리거나 꺽꺽 소리를 내며 입으로 숨을 쉬었다. 그래서 나는 제대로 됐어! 제대로! 내 좀비가 생겼어!라고 생각했지만, 나머지 눈이 떠 있게 하려면 (난 눈 한쪽만 '처리'했다.) 눈꺼풀을 들추고 테이프로 고정시켜야 했다. 눈이 저절로 떠지지 않았다. 나는 혈액 순환이 되도록 그의 팔다리를 움직였고, 성기를 만지고 비틀었지만 (성기는 처지고 닭 내장처럼 차고 끈적거렸다.) 아무 일도 일어나지 않았다. 그렇게 수술은 끝났고, 젠장 어찌나 낙담되던지.

덩치는 가장 희망적이었다. 그즈음 나는 송곳을 솜씨 있게 쓰는 법을 익혔다. 연습을 통해 터득한 기술이다. 프리먼 박사의 말처럼 나는 이전 방법 대신 망치를 이용해 왼손바닥으로 탕탕 쳐서 송곳을 '전두엽'에 박았다. 흑인과 인디언 혼혈로 랜싱 출신인데다 대학을 중퇴한 농구 선수요 쓰레기요 약 장사인 덩치는 불가사의했다. 무척 건강했다. 건강해 보였다는 뜻이다. 반들거리는 숱 많은 검은 머리, 길쭉하고 단단한 골격, 근육, 날씬한 배, 가슴의 털, 순대처럼 긴 성기. 피부는 검붉은 자두 빛깔이어서 나는 혀로 핥고 이빨로 갉아 먹고 싶어 미칠 것 같았다. 발가락까지도! 그 큰 발가락! 그를 보면 환장할 것 같았다. 하지만 덩치는 다른 사람들처럼 나를 절망에 빠트렸다. 수술 후 의식이라는 것을 되찾지 못했고, 질식할까 봐 입에서 스펀지를 빼자, 그는 건포도 눈처럼 몸을 떨고 코를 드르릉거리면서 숨을 내쉬었다. "이봐, 이보라고, 넌 괜찮아, 자 눈을 떠보라니까?" 하지만 내가 송곳을 찔렀던 왼쪽 눈은 감겨 있고, 오른쪽 눈도 별반 나을 게 없이 애초에 눈이 아니라 다른 것이었던 것처럼 머리 속으로 넘어가버렸다. 덩치는 열다섯 시간가량 살았고, 그가 죽어가는 동안 난 엉덩이에 대고 그 짓을 해댔다. (욕조가 아니라 내 침대에서.) 그를 **좀비**로 길들이기 위해서였지만, 결국 밤에 소변을 보려고 깼을 때 그가 죽었다는 사실을 알았다. 그의 몸이 몹시 찼다. 꼭 안으려고 내 몸 위에 걸쳐놓은 그의 팔다리, 내 어깨에 기대놓은 머리통이 사후강직으로 뻣뻣하게 굳어갔다. 나는 그의 포옹이 풀리지 않을까 봐 잔뜩 겁을 먹었던 것 같다.

내 최초의 **좀비** 셋은 모두 F학점.

하지만 Q__ P__는 희망을 접지 않았다. 나는 오늘까지도 포기하지 않는다.

20

 엉뚱한 사고가 인생을 어떻게 바꿀 수 있는가.

 어떤 남자를 만나기로 되어 있었다. 웨인 주립대 학생을 디트로이트 시내에 있는 그랜드 서커스 공원의 분수대 앞에서 만나기로 했다. 칠팔 년 전이었고, 그때 Q__ P__는 주말에 시내에서 혼자 지냈다. 선더버드 가에서 물줄기를 내뿜는, 비둘기 똥이 너저분한 분수 주변에 모인 술꾼들에 비하면 나는 싱싱한 얼굴을 하고 있었다. 일부는 헤로인에 취해서 청년이 노인으로, 백인이 흑인으로 보일 정도였고, 눈에 핏발이 서거나 눈물 콧물 범벅에 거무죽죽한 피부는 땅속에서 파낸 송장 같았다. 이 무렵, 나는 마운트 버넌에서 부동산 중개사가 되기 위해 수업을 듣고 있었다. 주니 누나의 아이디어였고, 제법 괜찮은 생각이었지만 일은 그렇게 풀리지 않았다. 나도 술을 마셨지만, 취하지는 않았다. 이른바 만취 상태는 아니었다고 자신한다. 똑바로 걷고 똑바로 날카롭게 쳐다보았고, 섭씨 32도인데도 멋을 내려고 담황색 가죽 재킷과 달라붙는 청바지를 입었다. 기름칠한 날개 같은 머리칼은 뒤로 넘겨서 귀 밑으로 둥그렇게 내렸다. 소년의 강렬한 사랑과 금지된 환락에 대한 영화를 상영하는 우드워드 가의 극장에 있었다. 대궐같이 고풍스런 극장의 발코니에서 졸다가 깨니 거기가 어딘지 어리둥절했다. 자정이었고, 우드워드와 그래티엇에는 인적이 없었지만 전기가 윙윙대는 소리가 들렸다. 나는 기다리고 또 기다렸지만 친구는 오지 않았고, 토요일 밤 시간을 허비한 게 속상해서 그랜드 리버 가에 있는 술집으로 갔다. 분명히 술을 마셨을 테고 나중에 골목길을 걷는데, 모르는 사람 두셋이 뒤에서 나를 붙잡았다. 더 여럿이 서서 지켜봤을지도 모른다. 흑인 불량배들이었을까? 십대들이었지만 거구에 힘이 세고, 약에 취해 웃어대면서 풋볼 시합에서 태클을 걸듯이 나를 더러운 아스팔트 바닥에 팽개치고 마구 발길질했다. 차고 차고 또 차면서 "지갑은 어디 있어, 아저씨? 지갑 어디 있냐고?"라고 윽박질렀다. 교차로를 지나는 순찰차가 힐끗 보였지만, 아무도 날 구하러 오지 않았다. 길에 목격자가 있었다 해도 그들은 상관하지 않고 지나쳤거나, 웃으면서 흰둥이가 두들겨 맞는 꼴을 구경했을 것이다. 안경이 깨지고 코피가 터지고, 내가 낚시 바늘에 걸린 물고기처럼 버둥댈수록 애들은 더 웃어댔고, 내 가죽 재킷을 찢으면서 고함쳤다. 금방 내 지갑을 찾았지만 애들은 웃음을 터뜨리면서 "지갑은 어디 있어, 아저씨? 지갑 어디 있냐고?"가 흑인영가라도 되는 듯 읊어댔다. 어쩌면 그럴지도 몰랐다. 나는 흐느끼면서 "그러지 마! 때리지 마! 제발 부탁이야! 안 돼, 안 돼!"라고 말하려 한다. 어린아이도 아니고 아기처럼. 갓난애처럼 칭얼대면서 바지에 오줌을 지리고, 일을 끝낸 불량배들이 달아나버린 것도 모르고 나는 여전히 흐느낀다. 괴로움에 떠는 살찐 벌레처럼 몸을 잔뜩 말고 얼굴을 감춘다. 무릎으로 내장을 보호하려는 듯이 웅크린 채. 한참 후 누군가 다가와서 날 살피면서 묻는다. "이봐요, 살아 있어요? 구급차라도 부를까요?"

다음 날 내 얼굴을 봤을 때, 새로운 것을 알았다.

안경이 없어서 눈을 깜빡대며 거울에 붙어 서니, 이 얼굴이 있었다! 이 환상적인 얼굴이! 흠씬 맞아서 붕대를 감고(이미 피에 젖었다.) 꿰매고(디트로이트 종합병원에서 찢어진 상처 세 군데를 스무 바늘 봉합했다.) 터지고 부은 입술. 핏발 선 멍든 눈은 내게 낯선 모습이었다.

그 순간 난 알았다. 내가 알려지지 않은 얼굴 하나를 가질 수 있겠다는 것을. 이 세상 어디에도 알려지지 않은 얼굴. 나는 세상에서 다른 사람처럼 돌아다닐 수 있었다. 그 얼굴로 동정심, 신뢰, 연민, 경이로움, 경외심을 불러일으킬 수 있었다. 아무도 모르게 사람들을 사로잡을 수 있었다.

21

 전화벨이 울렸고, 어머니였다. 어떻게 지내느냐고 물었고, 나는 대답했다. 데일 공대의 수업에 대해 물었고, 나는 대답했다. 코가 어떠냐고 물었고, 나는 대답했다. 관리인 일에 대해 물었고, (Q__P__에게 그 일을 맡기자는 것은 어머니가 아니라 아버지의 생각이었다.) 나는 대답했다.

 어머니가 치과 검진을 받은 지 여섯 달 되었느냐고 물었고, 난 모른다고 대답했고, 어머니는 여섯 달이 넘은 것 같다고 어쩌면 일 년쯤 됐을 거라고 말했다. 십 년 전 내가 치아 정기 검진을 챙기지 않고 잘 닦지 않는 통에 그 치료를 다 받아야 했던 일을 기억하느냐고 했다. 내가 대답했고, 어머니는 자기가 대신 닥터 피시와 예약을 해줄까 하고 물었다. 나는 수화기를 들고 서서, 열린 문틈을 보았다. 복도의 우편함 근처에서 아크힐이라는 사람이 압델라라는 사람과 대화 중이었고, 그들이 무슨 말을 나누는지 궁금했다. 그들의 말을 알아들을 수 있다면, 그들의 언어를 나도 구사할 수 있다면 좋을 텐데.

22

 그것들을 어디다 숨겼는지 기억나지 않았다. 기둥 위쪽을 더듬으니 거미줄이 있고 죽어서 말라비틀어진 곤충만 있을 뿐 손에 잡히는 게 없었다. 둥근 알이 끼워진 투명한 뿔테 안경. 학교의 복도 맞은편에서 매끄러운 머리칼을 가진 그가 나를 빤히 보았다. 우리 사이에 은밀한 관계라도 있는 것처럼 안경알에 빛이 반사되었다.
 한데 아무 관계도 없었다.
 어쩌면 관계가 있었는데 그가 부인했다. 식당에서 줄을 설 때 내가 너무 가까이 있으면 나를 밀어냈다. 브루스와 그의 친구들. 나는 그들 뒤로 슬그머니 다가들어, 이따금 한 남자애의 등을 밀어 그들을 밀어내면서 함께 서 있는 척하기도 했다.

브루스 브루우스 브루우우우우스! 나는 입에 손가락을 넣고, 침이 배도록 베개로 막고 속삭이곤 했다.

꿈속에서 문이 열렸고 나는 브루스였다.

그의 부모가 내 아버지 어머니와 이야기를 나누려고 찾아왔다. 나는 숨어서 그들의 끔찍한 말소리를 들었다. 마침내 아버지가 나를 데리러 왔다―쿠엔틴! 쿠엔틴! 빨개진 얼굴, 안경이 걸쳐진 콧잔등이 축축했고, 염소수염이 떨렸다. 그는 싱크대 밑에 든 쓰레기통 뒤에 큰 달팽이처럼 웅크리고 숨어 있는 나를 발견했다. "무슨 생각으로 나를 피해 그렇게 숨어 있는 거냐? 나를 피해 숨을 수 있다고 생각하는 거냐?" 그는 내 팔을 잡고 거실로 데려갔고, 어머니는 어색한 미소를 지으며 크림색 천소파에 앉아 있었다. 같이 있는 낯선 두 사람, 남자와 여자는 브루스의 부모였다. 그들의 성난 얼굴과 깨진 안경알 같은 눈매. 아버지는 양손으로 내 어깨를 짚고 서서, 텔레비전에 나오는 사람같이 차분한 목소리로 내게 "고의로 브루스를 다치게 했니?"라고 물었다. 고의로 그네 줄을 그의 목과 머리에 감았느냐고? 나는 손으로 입을 막았다. 난 수줍고 굼떠 보이는 아이였고, 늘 눈을 휘둥그레 뜨고, 얼굴에 공포의 빛이 드리워져 있었다. 나는 카펫을 내려다보았다. 커피 탁자와 소파의 무게를 떠받쳐 카펫이 눌리지 않게 하는 작은 플라스틱 조각을 보자, 그런 것도 이름이 있는지 궁금해졌다. 누가 이름을 지을까? 왜 우리는 이런 모습이고 왜 이런 식으로 세상에 온 걸까? 왜 우리 중 한 사람은 브루스이고 한 사람은 쿠엔틴일까? 어머니가 높고 빠른 말투로 입을 열자, 아버지는 침착하게 말을 막으면서 말할 책임은 내게 있다고, 이제 일곱 살이니 생각이 있는 나이라고 말했다. 그러자 나는 울음을 터뜨렸다. 나는 그들에게 아니라고, 브루스가 그랬다고, 브루스가 나를 다치게 했다고 말했다. 내가 그의 물건을 만지지 않겠다고 해서 그네 쇠줄로 목 조르겠다는 말로 날 겁먹게 했다고. 하지만 난 달아났다고, 달아나서 집으로 뛰어갔고, 마구 울었고, 팔꿈치와 무릎이 까지고 옷이 지저분해졌다고.

그러자 어머니가 나를 안아주었고, 난 그녀의 가슴이나 배나 다리 사이의 말랑말랑한 부분에 몸이 닿는 것이 싫어

몸이 뻣뻣해졌다.

아버지는 괜찮다고 말했고, 난 그 자리를 벗어날 수 있었다. 브루스의 부모는 자리에서 일어났고 여전히 화냈지만 힘이 빠져 있었다. 브루스의 아버지는 빈정대는 소년처럼 내 등 뒤에 대고 소리쳤다. "우리 아들의 안경을 어떻게 한 거냐?"

23

 어머니가 전화했다. 자동응답기에 메시지를 남겼는데, 나를 위해 닥터 피시에게 예약을 해놓았다고 했다. 그리고 일요일에 저녁 식사 하러 오겠느냐고 했다.

 전화벨이 울릴 때 나는 3층 아크힐의 방에서 스크루 드라이버로 녹슨 연통을 분리하고 있었다. 웅크리고 있자 얼굴에 피가 몰렸다. 아크힐은 인도 캘커타 출신이다. 힌두교도일까? 물리학과 대학원생이니 어쩌면 아버지의 학생이겠지만, 난 물어보지 않을 것이다. 아크힐도 청바지와 티셔츠를 입은 건물 관리인과 그 유명한 R__ P__ 교수를 연결시키지 못할 것이다.

 수줍은 성격의 아크힐은 거무튀튀한 피부에 여자애처럼 마른 체구다. 최소한 이십대 중반일 테지만 열다섯 살로 보인다. 그들은 우리와는 피가 다르다. 고대 문명인. 원숭이 같다. 그는 영어를 굉장히 부드럽게 속삭이듯 말해서 난 거의 알아듣지 못한다. "감사합니다." 눈이 마주치지 않게 조심해야 하지만, 내가 그를 흘끔대고 그가 날 쳐다보고 미소 짓는 것을 피차 의식했다. 촉촉한 갈색 눈이 따뜻하게 빛났다. 원숭이의 눈이 꼭 그럴 것이다.

 이런 젠장. 내 눈이 그를 훑고 지나갔다. 눈길이 미끄러져서 그의 몸을 훑고 내려가 사타구니에서 녹아버렸다. 그의 발치에 반짝이는 웅덩이.

 Q__ P__는 얼른 일어섰다. 그 방에서 빠져나와야 했다. 내 목소리는 크고 미국식이고 동작은 엉거주춤했지만, 유니버시티 하이츠의 셋집 **관리인**이라면 누구라도 이런 상황에서는 "괜찮아요, 내가 할 일인걸요"라고 말했을 것이다.

24

 목요일은 Q__ P__가 바쁜 날이었다!

 집에 잔일이 많았다. 뉴웨이고 가의 웬디스에서 드라이브 인으로 아침 식사를 샀다. 차에서 블랙커피와 햄버거를 먹었다. 3번가를 빙 돌아서 ×××비디오점에 가서 지난밤에 본 비디오를 반납하고 새로 나온 영화를 빌렸다. 기분이 괜찮았다. 오전 열시 법원 옆, 군청 구청사에서 T__ 씨와 면담이 있었다. 금속 탐지기를 통과해야 되고, 군 경찰관 둘이 지켜본다. 위층의 보호관찰국으로 가니 T__ 씨의 방문이 닫혀 있어서 나는 몇 분간 기다린다. 난 괜찮다. 말짱하다. 어젯밤에 면도를 했고 어제인가 그저께 아침에 샤워를 했다. T__ 씨의 사무실에 갈 때는 늘 넥타이에 재킷 차림이고 바지에 허리띠를 맨다. '벨벳 혁'와 비슷한 흑인 한 명도 보호관찰관을 기다리고 있지만, 난 가깝게 굴고 싶지 않고 그 역시 마찬가지 같다. T__ 씨가 불러 안으로 들어가자 그가 악수를 청한다. "자리에 앉아요, 쿠엔틴, 어떻게 지내죠?"라고 묻기에 난 대답한다. "관리인 일은 어때요?"라고 묻기에 난 대답한다. "공대 수업은 어때요?" 그래서 대답한다. 아주 좋다고. 컴퓨터 개론에서 B학점을 받았고, 공학 개론에서도 B학점을 받았다고. T__ 씨는 고개를 끄덕이며 뭐라고 기록한다. 아무튼 학교 생활에 대해서는 더 묻지 않는다.

집단치료는 어떤지, 성실하게 참석하고 있는지 묻기에 나는 대답한다. 정신과 주치의는 어떤지 묻기에 나는 대답한다.

약은? 아직도 약을 먹고 있는지 묻기에 나는 대답한다.

그는 누나의 아들이 데일 공대 전기공학과를 졸업하고 랜싱에 있는 제너럴모터스 사에 좋은 조건으로 취직했다고 말한다.

다음 면담은 미안하지만 휴가를 가게 되었으니 사 주 후에 같은 시간, 같은 장소에서 만나도 괜찮겠냐고 묻는다.

면담이 끝날 즈음 악수를 나누고, Q__ P__는 공손하고 예의 바르게 말한다. "네." "알겠습니다." "안녕히 계십시오."

T__ 씨의 사무실에서 나오니 '벨벳 혀'를 닮은 흑인도 보호관찰관 사무실에서 막 나오고 있다. 난 그가 먼저 엘리베이터에 타고 혼자 내려가게 하려고 기다린다.

이 지붕 아래서는 어디에서도 눈을 맞추지 않는다.

그 후 데일 스프링스에 있는 치과에 간다. 고속도로를 타고 북쪽으로 달려 도시를 벗어난다. 호수 가장자리. 주석 빛깔 호수, 똑같은 색깔의 하늘. 예약 시간은 오전 열한 시 삼십분. 닥터 피시는 같은 건물에서 오랫동안 진료해왔다. 새로 온 접수 직원은 나를 모르고, 아시아계 미국인인 치위생사도 마찬가지다. 납작한 얼굴의 그녀는 숨이 새는 목소리로 내게 들어오라고 부른다. 그녀는 거즈 마스크를 쓰고 고무장갑을 끼더니, 나를 의자에 앉히고 엑스레이 촬영과 양치질 준비를 한다. 난 약간 뻣뻣해지고 그녀가 의자를 내리니 공기 빠지는 소리가 난다. 내 몸이 기울어서 눈을 번쩍 뜨자 그녀가 나를 바라보면서 "죄송해요! 너무 급히 내려갔죠?"라고 말한다. 그 순간 나는 덩치나 건포도 눈, 또 누구더라? ……토끼 장갑의 기분을 맛보았다. 내 몸에 들어와 내가 되어 이 의자에 앉은 '벨벳 혀'를 보았다. 내 눈은 그의 눈과 비슷했다! 하지만 이 순간은 지나간다. 난 괜찮다. 위생사는 엑스선으로부터 나를 보호해줄 납 보호대를 내 가슴팍에 내려놓고, 작은 엑스레이 판을 내 입 속에 넣는다. 난 속이 울렁거리지만 참는다. 난 괜찮다. 여자는 "잠깐만 참으세요, 움직이지 마시고요"라고 말하고는 방에서 나가고, 기계에서 윙 소리가 난다. 사진이나 비디오 촬영을 당하는 것은 Q__ P__일 것이다. Q__ P__의 진짜 뇌가 엑스선으로 촬영되어 필름이 보호관찰관 사무실과 미시건의 주도인 이스트 랜싱, 워싱턴디시의 연방수사국, 마운트 버넌 주립대 물리학과의 아버지에게 보내질지도 모른다. 하지만 난 동요하지 않는다. 침착하고, 의심하지도 않는다. 난 감출 게 없다. 흑인 아이가 겪은 일이 Q__ P__의 첫 범행이었고 집행유예를 받았기 때문에 구치소에 잠깐 있었을 뿐이지 실제로 형을 살지는 않았다―공적인 기록에는 그렇게 나와 있다. 거즈 마스크를 쓴 '납작한 얼굴'이 돌아오고, 난 잠든 것처럼 가만히 있고, 그녀가 엑스선 필름을 빼고 다른 필름을 넣고 다시 방에서 나가고, 웅 하는 기계음이 들린다. 다시 또다시. 그때 Q_ P_는 모든 게 다시 반복해서 일어난다는 것을 처음 깨닫는다. 어떤 사람은 그걸 알고 어떤 사람은 모른다. 7학년 때 친구 배리가 죽었다. 그때 나는 시계 바늘을 빼버렸다. '납작한 얼굴'이 다시 돌아오고 다음 단계는 내 치아를 깨끗이 세척하는 과정인데 시간이 오래 걸린다. 멀리서 누군가의 입 안을 들쑤시고 쿡쿡 찌르고 있지만 난 잠이 들락 말락 한다. "입을 헹구세요." 난 정신을 차리고 입을 헹구면서, 피가 섞인 물을 보지 않으려고 조심스레 눈을 감는다. 누군가의 잇몸이 욱신거리고 피가 난다. 이 상태가 한동안 지속되다가 마침내 끝나고, 닥터 피시가 들어온다. 그 역시 거즈 마스크를 쓰고 고무장갑을 끼고 있고, 나는 살짝 몸을 떤다. 성기를 못으로 찔리는 것 같은 흥분감이 솟구친다. 마스크와 안경을 써서 닥터 피시는 적어도 오십 줄에 접어든 사람처럼 보이지는 않는다. 머리칼도 아직 괜찮다. 염색한 것이 아니라면. 그는 치위생사가 건넨 진료 차트와 엑스선 필름을 살피면서 내게 어떻게 지내느냐고 묻는다. 가족은 잘 지내시나, 쿠엔틴? 중학교는 어때? 그는 주니 누나와 나를 혼동하고 있지만 상관없다. 이제 닥터 피시는 내 입 안을 검사하고, 그는 손놀림이 빠르다. 그가 인상을 쓰면서 얼굴을 들이밀자 눈 밑의 주름이 보인다. 이 사람은 이렇게 영혼을 들여다본다. "물로 헹구게, 쿠엔틴." 그는 뾰족한 은색 꼬챙이를 솜이 깔린 쟁반에 놓는다. 꼬챙이 끝에 피가 묻어 있다. 배속에 시큰한 흥분감이 치솟고, 나는 입을 헹구면서 물속에 퍼지는 피를 보지 않을 수가 없다. 기절할 것 같고 짜릿하다. 닥터 피시의 손과 Q__ P__의 입에 꼬챙이가 들어가는 것을 비디오로 보면 좋을 텐데! "아팠다면 미안하네, 쿠엔틴." 닥터 피시가 말한다. 입으로는 그렇게 말하는데 손에는 다른 꼬챙이가 들려 있다. "꽤 오랫동안 검진 받으러 오지 않았군, 그렇지? 거의 삼 년이 됐네. 충치가 몇 개 생겼고, 치조농루가 시작된 것 같군." 진찰이 끝나자 닥터 피시는 거즈 마스크와 고무장갑을 벗고 미소 지으면서 질문이 있는지 묻는다. 다른 질문은? 그는 옆 진료실의 다음 환자에게 갈 채비를 하고, 나는 비척비척 의자에서 일어난다. 닥터 피시는 나를 바라보고 나는 질문을 떠올릴 수가 없다. 그가 방에서 나가려 할 때 내가 질문을 던진다.

"뼈는 뜹니까?"

"뭐라고 했나?"

"뼈 말입니다. 둥둥 뜹니까?"

닥터 피시는 날 빤히 보다가 눈을 한 번, 두 번 깜빡인다.

"어떤 종류의 뼈 말인가? 사람 뼈 아니면 동물 뼈?"

"차이가 있습니까?"

"글쎄, 그렇겠지."

닥터 피시는 어깨를 으쓱하더니 다시 인상을 쓰고, 난 그가 답을 몰라서 시간을 끈다고 느낀다.

"뼈가 무거우냐 아니면 말라서 속이 비고 가벼우냐에 따라 다르겠지. 가볍다면 틀림없이 둥둥 뜰 테고."

잠시 침묵이 흐르다가 그가 덧붙인다.

"물에 뜨는 것을 말하는 건가?"

나는 애매하게 고개를 끄덕이고, 그는 문간에서 기형적으로 생긴 물갈퀴 같은 손을 가볍게 흔든다. 그가 말한다.

"그럼 쿠엔틴, 다음 주에 볼까?"

진료비 청구서는 어머니에게 보내기로 미리 이야기되어 있었다. 나는 창구에 들를 필요가 없었다. 접수 직원이 놀라서 예약을 잡을 거냐고 소리쳤다. 나는 됐다고, 나중에 전화하겠다고 대답하고 그곳으로부터, 그 냄새로부터 얼른 빠져나왔다. 차에 타고서야 숨을 쉴 수 있었다. 차를 몰고 노스 처치 가로 돌아가면서, 피시 그 망할 놈은 뼈에 대해 쥐뿔도 모른다는 생각이 들었다. 치과의는 의사가 아니다. 과학자도 아니다. 아마 Q__ P__보다도 아는 게 없을걸.

하지만 내 주머니 속에 기념품이 들어 있었다.

25

데일 공대의 수업을 너무 많이 빼먹어서 미치도록 아쉽다. 어쩌다 이렇게 됐는지 모르겠다. 이번에는 '새로운 생활을 시작하기로' 마음먹어서 특히 그렇다.

첫 시험에서는 공학 개론을 빼고는 다 망쳐서 34점(F학점)을 받았고, 두 번째 시험은 놓쳤다. 밀린 과제를 하려고 들어간 컴퓨터 실습실에서는 포름알데히드 같은 미심쩍은 냄새가 났는데, 착각이었을 것이다. (이삼 년 전, 덩치의 신체 일부를 보관할 최소한 1리터 정도의 포름알데히드가 필요해서 마운트 버넌 대학의 생물 실습실에서 구한 적이 있다. 어디서건 대학원생으로 통할 법하게 염소수염을 붙이고 두꺼운 안경을 쓰고 서류 가방을 들었다.) 젊은 남자 조교의 시선은 내가 있는 자리가 빈 공간이라도 되는 듯이 나를 똑바로 통과하고 있었다.

아버지가 학비를 내주었고 난 상황이 안정되면 관리인의 급료로 빚을 갚겠다고 고집부렸다. 자동차 값도 빚으로 남아 있고 다른 비용도 들어간다. 어머니는 내가 친구들에게 흥청망청 돈을 쓰고 갚지 못할 돈을 빌린다고 말한다. 내가 그녀를 닮아서 인심이 좋고 씀씀이가 헤프다고 말한다. 작년의 사고 이후—체포, 재판, 집행유예 따위의— 아버지는 날 다르게 보는 것 같다. 감히 아버지와 눈을 맞출 수 없어서 백 퍼센트 확신은 못 하겠지만, 그는 예전에 안달하면서 단점을 찾아낼 때처럼 날 부담스러워하는 눈치다. 외아들 Q__ P__는 낙제생이었다. 하지만 아버지는 변호사의 말처럼 우리가 꽤 운이 좋다고 생각하는 것 같다. Q__ P__가 공인된 '성범죄자'라는 것이 P__ 가족에게 아무리 수치스러운 일이라 해도 적어도 잭슨 교도소에 수감되지는 않았으니까. 최소한 열두 살의 '피의자'는 다치지 않았다. 그보다 나쁜 상황은 없었다. 아버지는 거듭 말한다. "우리 공동의 미래에 대한 투자라고 생각하자꾸나! 능력이 되면 그때 갚으면 된다." 그의 턱은 개구開口 장애를 앓는 사람 같지만 항문같이 쪼글쪼글한 입으로는 미소를 짓는다. 또 안경 너머의 교수다운 눈은 촉촉하다.

어머니는 나를 끌어안고 뒤꿈치를 들어 뺨에 뽀뽀한다. 뼈대가 마른 막대기 같아서 부러뜨릴 수 있을 것 같다. 그래서 나는 아주 뻣뻣하게 서서, 그녀의 체취를 맡지 않으려고 숨을 참는다. 그게 무슨 냄새인지 모르겠고, 이름을 붙이지도 못하겠다. 내 기억이 틀리지 않다면, 전에 어머니는 따뜻한 액체가 담긴 풍선처럼 푹신한 가슴을 가진 통통한 여인이었다. 닥터 E__는 모든 어머니는 기억 속에서 풍만하다고, 우리가 아기였을 때 젖을 먹어서 그런 거라고 말한다. 닥터 E__는 좋은 가슴과 나쁜 가슴이 있다고 말한다. 좋은 어머니와 나쁜 어머니가 있다고 말한다. 어머니는 버튼을 누르면 돌아가는 테이프처럼 되뇐다. "우리가 널 사랑하는 거 알지, 쿠엔틴? 이번에는 일이 잘 풀릴 거야."

나는 "맞아요, 엄마"라고 말한다.

나는 "꼭 그렇게 되게 할게요, 엄마"라고 말한다.

지난 십 개월 동안 나는 데일 스프링스로 차를 몰고 가 어머니와 할머니를 교회에 모시고 다녔다. 요즘 들어 몇 주 빠지기는 했지만, 곧 예전처럼 꾸준히 모시고 다니려고 한다. 어머니는 "이번에는 일이 잘 풀릴 거야. 하나님의 뜻으로"라고 말한다. 할머니는 이렇게 말한다. "이번에는 일이 잘 풀릴 거야. 하나님의 뜻으로. 아멘."

26

 다만. 어렸을 때 뻔질나게 다녔던 이 집의 새 침대에서 예전에 꾸던 꿈을 다시 꾸기 시작했다. 주니와 나는 할머니와 할아버지가 사랑한 손주들이었다. 그들은 Q__ P__를 모르면서, 그를 사랑한다고 말했다. 약 복용을 중단하자 예전 꿈을 꾸게 되었고, 깨면 성기가 로켓처럼 발기해서 혜성의 꼬리처럼 정액을 분출한다. 내 정액은 끈적거리고 걸쭉하다. 풀 같고 뜨거운 것이 침대보, 커튼, 피자 상자, 엔지오 상표가 찍힌 냅킨에 튄다. 어느 날 오후 집이 비었을 때 나는 그 냅킨 몇 장을 작은 정사각형으로 접어 아크힐의 침대에 (기대했던 만큼 말끔히 정돈되어 있지는 않았다.) 놓아두었다.

노스 처치 가 118번지의 1층 관리인실에 있는 침대에서 깨면, 전기가 통하는 것처럼 **오르가즘**이 온몸으로 퍼져 덜덜 떨리고 신음이 나온다. 내가 치과 병원의 의자에 묶인 채 무기력하게 누워 있고, 칼과 꼬챙이가 내 입을 휘저어 피가 목구멍을 막는 꿈을 꾼다. 기분이 괜찮다. 일어나서 텔레비전을 켜고 〈굿모닝 아메리카〉를 틀고, 블랙커피를 끓이고 필요하면 길에서 산 각성제를 먹는다. 전날 컴퓨터 수업이 있었다는 것을 떠올린다. 혹은 차를 몰고 데일 공대로 가지만 수업이 없는 날이거나, 수업이 있는 날이지만 시간을 잘못 알고 있다. 시간은 몸속에서 어느 방향으로나 움직이는 기생충과 비슷하기 때문이다. 그래서 어디든 차가 향하는 방향으로 달린다. 난 충동적으로 여정을 바꾸면 안 된다는 미신을 믿는다.

고속도로를 빠져나오는 도로에서 자주 있는 일이지만 길에 히치하이커가 있으면 차를 세우고 태워주곤 한다. 과학자처럼 그를 관찰하면서 그가 어떤 부류의 **좀비**가 될지 가늠한다. 하지만 집 인근이나 데일 공대에서는 유혹을 느끼지 않는다. 이 시시한 최악의 장소에서는 R__ P__ 교수를 포함해 대학 사람 모두가 힐끔거린다. 나는 주차장 C구역의 주차 스티커를 가지고 있기 때문에 그곳에 차를 세우고 '캠퍼스'(고작 콘크리트와 을씨년스러운 잔디밭과 겨울 동안 죽어버린 나무들이 있는)를 활보하면서 '좋았어! 담당 교수들을 찾아가야지'라고 생각한다. 가서 가족이 아프다고, 어머니가 암과 싸우고 있다거나 아버지가 심장병을 일으켰다고 둘러댈 참이다. 하지만 연구실을 찾지 못하거나, 연구실 호수가 맞아도 엉뚱한 건물이거나, 건물은 맞는데 부속 건물이거나 했다. 연구실을 제대로 찾아가보면 문이 닫혀 있다. 잠겨 있고, 개자식은 퇴근하고 없다. 그러다 옆길로 새서 공학 수업을 같이 듣는 젊은 애들을 뒤쫓아 학생회관에 간다. 거기서 눈알이 핑핑 돌 정도로 여러 잔의 블랙커피를 마시면서, 누가 나를 알까? 누가 나와 같이 앉으려 할까? 싶어 주변을 두리번거린다. 눈을 가늘게 뜨고 아는 사람이 있는지, 같이 앉아도 괜찮을지 살핀다. 공학 개론이나 컴퓨터 강의를 같이 듣는 사람들이 있을지도 모른다. 혹은 내가 보통 사람처럼 보여서 동석해도 괜찮다고 생각할지도 모른다. 난 교과서를 갖고 있고, 체포된 이후로는 머리를 어깨까지 풀어헤치거나 하나로 묶지 않고 잘랐다. 건포도 눈의 테두리가 휘어지는 펑키한 가죽 모자를 쓰고 있다. 300달러짜리 양가죽 재킷의 주머니에는 안에 보드라운 토끼털이 든 토끼 장갑의 가죽 장갑이 들어 있다. 그리고 처방을 받아서 만든 비행사 스타일의 황갈색 안경알을 덩치의 안경테에 끼워서 쓰고 있기 때문에 제법 쿨해 보일 것이다. 서른 살 안쪽의 턱이 갸름하고 머리가 벗어지기 시작한 수줍음 많은 백인으로 보일 것이다. 공대생들이 얼마나 친근하게 구는지, 얼마나 사람을 믿어주는지 이상할 정도다. 대학에 등록해서 그 학교 학생이면 아무런 질문도 하지 않는다. 그들 모두 나처럼 마운트 버넌이나 근처 군에서 살면서 통학하고, 대부분 아르바이트를 하고, 전일제로 근무하기도 한다. 나처럼. 가끔 여학생이 나와 같이 있는 사람을 아는 경우에는 테이블의 의자를 빼서 앉기도 한다. 그녀는 고교 치어리더처럼 "안녕!" 하고 밝게 인사한다. 데일 스프링스 고교의 여학생들처럼. 고교 시절 여학생들은 Q__P__가 존재하지 않는 것처럼 쳐다보지도 않았는데. 그녀가 묻는다. "컴퓨터 수업 같이 듣죠? 낯이 익은데요."

'수탉'에게 얻은 수제 염소가죽 부츠가 내게 너무 크다는 말을 하고 넘어가야겠다. 이걸 신고 디트로이트의 그리크타운 거리를 활보하는 그가 마지막으로 목격된 때가 1991년 추수감사절 주말이었다.

 내가 표본으로 치지 않는 그 흑인 소년을 빼면 마운트 버넌과 인근에서, 루스벨트 주택 단지에서 표본을 고른 적은 없다. 하지만 그들과 이렇게 간간이 말을 나누는 것은 영리한 짓이다. 나는 주로 말을 듣는 편이지만. 그들의 말을, 은어를 배우는 것도 그렇다. 예를 들면 그들은 '쿨하다'라고 말한다. '그거 쿨한데!' 어휘 몇 개가 있다. 죽여준다, 돌아버리겠다, 꼴통, 약에 절다, 꼰대, 맛이 간, 골 때리는, 찌그러진…… 보통 어휘와 크게 다르지 않고 그리 많지도 않다. 오히려 손짓, 입모양, 눈짓이 더 독특하다. 안경에 검은 플라스틱을 내려 쓰지 않으면, 그들을 똑바로 보지도 못하지만.

가끔 어머니는 내가 너무 인심 좋게 남에게 점심이나 술 따위를 산다고 말한다. 돈을 빌려주기도 하고, 한두 사람이 버스를 놓치면 몇 킬로미터 돌아가야 되는데도 차로 바래다주기도 한다. 그러느라 모르는 교외 동네에 가기도 한다. 나는 "그래도 괜찮아!"라고 말한다. 그들은 Q__ P__의 친절을 기억할 것이다. 내 얼굴과 뒤 창문에 성조기가 붙은 내 포드 승합차도 기억하겠지. 큼직한 국기가 뒤 창문을 완전히 가리고 있다. (재판을 받을 경우) 확실한 증인이 필요하면, 데일 공대의 Q__ P__와 내가 친절하다는 사실을 기억하는 사람이 있을 것이다.

한번은 엄청나게 추운 겨울 밤, 아무것도 묻지 않고 깡마른 중국 애한테 내 양가죽 재킷을 빌려주었다. 이 주일이 지나서이긴 했지만 그는 재킷을 돌려주었다. '차우'인지 '치'인지 '취' 소리가 나는 이름의 공대생이었고, 반짝이는 검은 눈을 가지고 있었다. 보통 학생들과는 달리 그리 어려 보이지도 순진해 보이지도 않는 그가 "고마웠어요"라고 말하자 나는 "그래요"라고만 중얼댔다.

27

 리어던 가의 집에서 마지막에, 이름 없는 사람을 집에 데려갈 기회를 잡았다. I-96번 도로의 그랜드래피즈 출구 램프에서 그를 태웠는데, 그는 톨레도에서 왔고 서쪽으로 여행 중이라고 말했다. 약에 취해 눈을 공깃돌처럼 굴리면서도 똑바로 보려고 애썼다. "이봐요, 난 이러고 싶지 않아요, 알겠어요? 날 보내줘요." 나는 그에게 친구처럼 형제처럼 나와 같이 있어주면 좋겠다고 말했다. 돈을 많이 주겠다고, 그가 실망하는 일은 없을 거라고 말했지만, 그는 땀을 뻘뻘 흘리면서 말했다. "이봐요, 난 쿨한 사람이에요.

아무한테도 말하지 않겠다고 맹세할 테니 제발 여기서 보내줘요, 부탁이에요. 알겠죠?" 그의 큰 눈이 튀어나올 정도로 줄을 힘껏 당기자, 그의 피부가 잿빛 도는 자주색으로 변했다. 잿빛으로 변한 그의 입술에서 눈을 뗄 수가 없었다. 몸에 전기가 흐르듯 나를 찌르는 것 같았다. 녀석은 알아! 이제 놈은 안다고! 되돌릴 수 없어! 그것이 도달해야 하는 시점이다. 나를 빨아들이는 블랙홀의 문지방인 셈이다. 한순간 자유롭지만, 눈 깜빡할 새 블랙홀로 빨려 들어가 사라져버린다. 내 성기가 곤봉처럼 딱딱해지고 커지고 눈에서는 불꽃이 튄다. 나는 처음 그가 차에 올라탈 때처럼 말을 더듬지는 않았다. 이 끝내주는 멍청이는 흰자위를 보이면서, '자, 내가 여기 왔어. 이제 뭘 어쩔 셈이야?'라고 말하는 듯 느긋하게 웃었다. 나는 그럴듯한 구실을 만들기 위해 뒷좌석에 낡아빠진 『지리학 기초』 교과서를 두었다. 양털 같은 가짜 수염을 붙이고, 머리는 왼쪽으로 반듯하게 가르마를 탔다. 우리는 그랜드래피즈의 선술집에서 맥주 몇 잔을 마셨고, 그가 말하고 나는 조용히 앉아서 듣기만 했다. 누가 우리를 봤다면 제대로 본 사람은 이름 없는 사람일 테고, 거기 처음 온 백인이 옆에 같이 있었다고 생각할 것이었다.

그런 다음 나와 같이 집에 갔다. 더운물 목욕과 집에서 만든 음식, 보드카, 깨끗한 이불 등을 약속했다. 이름 없는 사람은 백인에게 빨려주고 고초의 대가로 보상을 받고 백인의 물건을 슬쩍하겠다고 생각했다. 하지만 일은 그렇게 풀리지 않았고, 그의 눈에 어린 공포가 그렇다고 말해주었다. 나는 말했다. "난 사디스트가 아니야. 고문하는 사람도 아니야. 당신이 멋지다고 생각해서 협조해달라는 것뿐이야. 그러면 당신은 다치지 않을 거야." 난 흥분했고, 지퍼를 내려야 했다. 그는 보았고 알았다. 뭔지 모르는데도 감이 잡히는 법이다. 나는 바르비투르산염(진정제, 마취제로 사용하는 유기 화합물―옮긴이) 두 알을 부숴 넣은 보드카를 그에게 주었다. 하지만 약효가 더디게 나타나서 그는 버둥댔고, 나는 "가만히 있으면 해치지 않을게"란 말을 몇 번이나 했는지 모른다. 하지만 그가 발버둥치는 바람에 그에게 더 불리한 상황이 되었고, 그는 협조하지 않았다. 그는 울었고, 나는 그가 아이에 불과하다는 것을 알았다. 열아홉 살이나 됐을까, 그보다 훨씬 나이 많은 것처럼 쿨하게 굴더니만! 주방용 스펀지를 입에 쑤셔 넣는데 금니가 번뜩

기렸다. 그가 거의 숨이 막힐 지경이어서 나는 조심해야 했다. 그를 잃고 싶지 않았다. 안전을 위해 그를 단단히 묶었고, 약을 먹였으니 지금쯤 마취가 되었어야 했지만 시간이 너무 오래 걸렸다. 의사들이 전두엽 절제술을 할 때는 먼저 환자에게 전기 충격을 주어서 의식을 잃게 만들지만, 나는 그럴 용기가 없었다. 이름 없는 사람과 내가 모두 감전될까 봐 두려웠다. 이제 그는 알몸으로 욕조에 있었고, 수돗물이 나오고 있었다. 그는 아직 얼음송곳을 보지 못했지만, 흐르는 물을 보고 흥분했다. 그는 알아! 그는 안다고! 금니를 가진 뱀처럼 유연한 아이…… 진짜 시작! 불그레한 곱슬머리와 짙은 붉은색 광택이 도는 피부. 전에 집에 살 때 아버지의 구두약이 저런 거무칙칙한 붉은색이었다는 게 기억났다. 잘생긴, 사실은 끝내주는 얼굴. 모두들 알고 있겠지만, 일단 Q__ P__가 차지했으니까 이제 너무 늦었다. 나는 그의 머리를 죄는 기구로 고정하고 (열판에 소독해놓은) 얼음송곳을 프리먼 박사의 그림에 나온 설명대로 그의 오른쪽 눈에 댔다. 하지만 얼음송곳을 뼈가 있는 안와에 찌르자 이름 없는 사람은 환각 상태에 빠져 버둥대며 스펀지를 입에 문 채 비명을 질렀다. 피가 솟구쳤고 나는 흥분했고 통제력을 잃었다. 나는 흥분했다. 몹시 심하게, 경련을 일으키듯 계속 흥분했고, 멈출 수 없고 숨조차 쉴 수 없었다. 신음하면서 숨을 헐떡거렸고, 일이 끝나고 자제력을 되찾았을 때 어떤 상황인지 알아차렸다. 망할 놈의 얼음송곳이 손잡이 부분까지 이름 없는 사람의 눈을 뚫고 뇌로 들어갔고, 흑인 청년은 죽어가고 있었다. 그는 엄청난 코피를 줄줄 쏟으면서 죽었다. 또다시 일을 망쳤고 좀비는 만들지 못했다.

28

 그런 다음 뒷처리 과정. 그 무거움이라니.
 너무 무겁다. 마치 일부러 그러는 것처럼. 일부러 버티는 것 같다.
 초록색 쓰레기봉투에 담아 밧줄로 매고, 캔버스 천으로 싸서 철사로 묶는다. 밤에 살그머니, 아주아주 조심스럽게 끌고 나온다. 계단을 내려와 승합차에 넣는다. 차의 뒤 칸은 짐을 실을 만반의 준비가 되어 있다. 어찌나 무거운지! 날씨가 추운데도 Q__ P__는 땀을 흘린다. 나는 가끔 체육관에서 역기를 들어 올리고, 규칙적으로 운동하려고 한다.

만난 정신과 의사마다 그러라고 권했는데, 아직은 내가 원하는 상체와 허벅지 근육이 만들어지지 않았다.

이 끝내주게 생긴 놈들을 처치하는 것은 지겨운 고역이다.

주의하지 않으면 다시 약을 먹어야 하는데 망할 놈의 약이 부작용을 일으켜서 꼼짝 못하게 될까 봐 걱정스럽다.

Q__ P__는 늘 제한속도에 맞춰 운전하고 모든 교통 규칙을 준수한다. 차에 은밀한 물건이 실렸을 때나 아닐 때나 마찬가지다. 가끔 (예를 들면 비나 눈이 내릴 때) 성미 급한 운전자들이 오른쪽 차선에서 Q__ P__의 느린 속도와 조심성을 답답해하며 경적을 울린다. 하지만 대응하지 않는다. 창문을 내리고 고함을 치지도 38구경 권총을 흔들며 누군가의 놀란 얼굴에 발사하지도 않는다. 디트로이트에서는 그런 일이 벌어지지만!

당연히 쓰레기를 모으거나 매립하는 곳이 최적지다. 그런 곳의 땅은 이미 파헤쳐져 있으니까. 그리고 집에서 먼 곳—100킬로미터, 150킬로미터, 250킬로미터, 300킬로미터—이 Q__ P__의 원칙이다. 매번 새 콧수염이나 가발, 구레나룻을 구입하는 수고도 할 만한 가치가 있다. 공원 인근의 공터, 나무가 많은 지역은 아이들이 놀고 개들이

다니기 때문에 위험하다. 깊이 파묻지 않으면 개가 원수데기가 된다. 하지만 주들을 잇는 도로 뒤편, 아무도 가지 않는 한적한 습지대는 적당한 장소다. 타이어 레버와 철사줄을 매달아 깊은 물에 떨어뜨리면 된다. 이름 없는 사람은 크리스털 밸리 동쪽의 매니스티 국립공원 안에 있는 강 속에 버려졌다.

물결도 일지 않았고 소문도 없었다. 뉴스에 나오지도 않았다. 부고 기사도 없었다. 사실 그에게는 이름이 있었지만 그건 그에게 어울리지 않았다.

다만 나는 그의 기념품 하나를 갖고 있을 뿐. Q__ P__가 가장 아끼는 호신용 부적들 중 하나가 바로 이것이다.

곰니(실물크기)

얼마나 여러 번 그랬을까. 난 기념품을 간수하지만 기록하지는 않는다. 시계에는 바늘이 없고 Q__ P__는 개인이나 과거에 장식을 붙이는 사람이 아니다. 과거는 과거일 뿐이고, 우리는 나아가는 법을 배운다. 나는 다시 태어난 기독교도가 될 수 있고, 가끔 그 생각을 한다. 어쩌면 부름을 기다리고 있는지도 모른다.

한편 내게는 내가 관리인을 하고 있는 조부모의 낡은 집 지하실이 있다.

29

사방에 진동하는 향기로 공기가 병들었다…….

누군가 학생회관에 『영문학 선집』을 두고 가서 그 책을 뒤적였다. 공대가 아니라 가끔 초저녁에 들리는 다른 대학이었다. '제럴드 맨리 홉킨스'(19세기의 영국 시인—옮긴이)의 시구가 내게 다가들어 음악대학의 종소리처럼 울렸다.

지금은 봄이므로, 4월이므로, Q__ P__의 보호관찰 첫해는 다 지나갔다.

30

아버지와 어머니와 친척들은 수치스러워했지만 내 변호사는 "일이 그런 식으로 끝났습니다"라고 말했다. 사실 그는 아버지가 고용한 아버지의 변호사다. "일이 그런 식으로 결말이 난 것입니다."

"아드님이 흑인 판사나 여자 판사 앞에 섰더라면 결과는 훨씬 더 난감했을 겁니다."

Q__ P__는 협상 후에 (Q__ P__는 참여하지 않았다.) 미성년자에게 성적 경범죄를 저질렀다고 유죄를 인정하게 되었다. 내 변호사와 검사가 협의했고, L__ 판사는 이해했다.

사람들은 돈이 오갔을 거라고 말했다. 경험 없는 서른 살 미혼 백인 남자가 주택 단지에 사는 흑인 아이에게 죄를 범했고, 열두 살 흑인 아이는 '생활보호를 받는 홀어머니' 가정의 아이였으니 어떤 일이 일어났을지 뻔했다. 어떤 종류의 '정의'가 추출되었을지도 뻔한 얘기였다.

"유죄를 인정하게. 그러면 일이 풀리고 아무 일 없을 걸세."

"하지만 내 아들이 유죄가 아니라면 어쩌나? 이거 참 어이가 없어서!"

"쿠엔틴이 그런 일을 저질렀을 리 없어요. 그 아이는 내 아들인걸요. 난 내 아들을 알아요."

"쿠엔틴, 알겠나? 동의하지?"

사실 Q__ P__는 눈에 보이게 수치스러워했고 후회했고 '단단히 교훈을 얻은' 것 같았다. 그의 충혈된 눈과 갈라진 입술을 보면 누구든 그걸 알았다.

집행유예 이 년. 심리치료, 상담. 보호관찰관에게 정기적으로 보고. 동의합니까?

L__ 판사 앞에서 눈물을 흘리면서 바지 오른쪽 주머니에 손을 넣고 내 부적인 **금니**를 만지작거렸다. 아버지가 제

발 주머니에서 손을 빼라고 속삭이자 나는 손을 빼고, 변호사의 조언대로 L__ 판사에게 이해해주셔서 감사하다고 인사하고 판사실에서 나왔다. 난 숨을 쉬기가 힘들었고, 아버지는 내 팔꿈치를 잡았다. "기운 내, 아들"이라고 말했지만, 실제로 한 말은 "이제 모든 게 괜찮으니 우린 집에 가자"였다. 텅 빈 법정으로 나오니 어머니, 할머니, 주니 누나, 혼 목사가 기다리고 있었다. 혼 목사는 할머니와 친한 사이로 L__ 판사에게 Q__ P__의 '보증'을 서주었다. 나는 작은 체크무늬가 있는 갈색 새 양복을 입고 빨간 줄무늬가 촘촘하게 있는 베이지색 나비넥타이를 맸다. 귀와 목덜미가 보이도록 머리를 잘랐고, 섹시한 조종사 스타일 안경이 아닌 투명한 뿔테 안경을 썼다. 이제는 울지 않고 웃었고, 그런 순간 흔히 그러듯 가족과 포옹했다. 혼 목사와 악수하면서 말했다. "감사합니다, 감사해요. 정말 행복하고 고마운 마음입니다. 저를 믿어주셔서 감사해요."

그런 다음 우리는 밖으로 나왔다. 미지근한 빗방울이 내 얼굴을 때렸다.

바로 그때 아버지가 1993년형 렉서스 승용차의 열쇠를 내게 주었다. 나는 이전에 그 차를 운전해본 적이 없었다.

아버지가 날 얼마나 신뢰하는지, 가족들이 얼마나 믿는지 보여주려는 의도임을 난 알았다. 다시는 그들을 실망시키지 않을 작정이었다. 차를 몰고 황폐한 도시를 빠져나와 호수를 끼고 달려서 데일 스프링스로 갔다. 넓고 울창한 대지에 큰 집들이 있었고 거리에는 잘 손질된 가로수들이 늘어서 있었다. 집에 가고 사랑받는다는 기분이 느껴졌다. 제한 속도인 시속 55킬로미터를 지켰고, 바싹 달라붙었다가 경적을 울리며 급하게 추월하는 차들은 무시했다. 중학교 교장으로 서른다섯 살이 되어서도 누나 노릇을 하는 주니는 동생에게 다정한 미소를 지으며 말했다. "쿠엔틴은 우리 가족 중에 언제나 운전을 제대로 하는 사람이라니까." 그러더니 얼른 덧붙였다. "정말이야. 그렇지, 쿠엔틴?" 나는 백미러를 보며 빙그레 웃었다. "맞아, 누나."

누나와 나 사이에는 늘 애틋한 감정이 있다. 적어도 그녀 쪽에서는 그렇다.

차를 몰고 집으로 향했다. 내 옛날 집. 난 언제나 환영받았지만 이제 집에 다니기에는 너무 커버렸다. 하지만 Q__P__는 거기서 언제라도 환영받을 것이고, 아마도 부모가 시키는 대로 하면 좋을 것이다. 4월의 비 내리는 날. 호수의 하늘은 주름 잡힌 뿌연 뇌 같았다. 매끈하고 멋진 차의 조수석에는 아버지가 앉아 있었다. 그는 맞춤양복을 입었고, 그 또래 늙은이치고는 멋져 보였다. 그는 내 옆에 앉아 턱을 쓰다듬었다. 오래전 그 턱에 염소수염이 있었는데. 뒷좌석에서 어머니, 할머니, 주니가 수다를 떨었고, 어머니가 눈물바람을 하자 나머지 두 사람이 위로했다. 레이크 뷰 대로로 접어들어 집으로 갔다. 검은 고추를 떠올리면 왜 그리 행복한지, 왜 그리 자유롭게 느껴지는지 이유를 잊어버릴 뻔했다. 가죽 벗긴 새끼 토끼처럼 쪼그라든 수줍은 아이 고추. 내가 고추를 손에 꽉 쥐고 송곳 끝으로 끝을 간질였지만, 아직 약효가 보이지 않았다. 내가 성급했고 판단력이 부족했고 (돌이켜보니 난 취한 상태였다.) 아이는 겁에 질려 고함치면서 미친 동물처럼 달아나 포드 승합차의 잠긴 뒷문을 열고 빠져나갔다. 맙소사, 어떻게 그랬는지 몰라. 아이는 더러운 티셔츠만 걸치고 거리로 달려가면서 화재경보기가 울어대듯 점점 더 고래고래 소리쳤다. 내 좀비!

  아이는 동전 한 푼 요구하지 않았고, 개처럼 믿음직했다. 하지만 Q__ P__는 그를 믿지 못했다.

뒷좌석에서 그들이 내게 뭐라고 물었고, 흔히 여자들의 말을 건성으로 듣듯이 나도 그들의 말을 듣고 있지 않았지만 '좋다'고 대답해야 했다. 아마 관리인 업무를 맡는 것에 대한 이야기거나 내 머리 모양이 마음에 든다는 말이었을 테고 아버지는 한 손으로 내 어깨를 잡았다. 그날 온전하고도 처음으로 내가 지구의 움직임을 느낄 수 있다고 믿게 되었다. 지구가 허공을 뚫고 밀려들었다. 축을 기준으로 회전하지만 사람들은 그게 느껴지지 않는다고, 그것을 경험할 수 없다고 말한다. 하지만 그것을 느끼는 것은 두려운 동시에 행복하다. 하고 싶은 일을 하는 것과 본모습대로 하는 것 외에는 중요한 게 없음을 아는 것도 그렇다. 나는 미래로 들어가고 있다는 것을 알았다. 되돌아가 닿을 수 있는 과거는 없다. 상황을 바꾸고 싶거나 그것이 무엇인지 알고 싶을 때 돌아갈 수 있는 과거는 없지만, 분명히 미래는 있고, 우리는 이미 그 안에 있다.

일은 어떻게 굴러가는가

31

나는 그를 **다람쥐**라고 불렀다. 그건 내가 지은 비밀 이름이고, 다른 사람은 그를 다른 이름으로 알 것이다.

Q__ P__는 그런 일을 벌일 의도는 없었다. 다람쥐는 표본으로 현명한 선택이 아니었다. 나는 그걸 알았고 예나 지금이나 잘 안다. 그런 일은 생기지 않게 하리라고 다짐했다. (얼마나 여러 번 스스로를 가르쳤던가!) 챙겨줄 가족이 있는 사람, 백인이나 교외에 사는 사람, 데일 스프링스 주민은 안 된다고!

일이 그렇게 된 데는 할머니 탓도 있다. 이걸 알면 그녀는 속상해하겠지만 사실이 그렇다. 물론 그녀의 하나뿐인 손자 Q__ P__도, 다른 누구도, 그런 잔혹한 사실을 노인에게 밝히지는 않을 것이다.

 '할머니 탓'이라는 건 틀린 말인지도 모른다. 누구의 잘못도 아니라는 생각이 든다. '탓' '잘못' '죄책감'이라는 식의 생각은 미신이고 케케묵은 구식이다. 지난밤 텔레비전에서 보았던 슈메이커─레비 9(1933년 슈메이커 부부와 레비가 발견한 혜성─옮긴이)와 목성의 충돌이 이것을 확인해주었다. 아버지가 집에 와서 이 '역사적인 사건'을 같이 보자고 청했지만 나는 "고마워요, 아버지. 그런데 할 일이 너무 많아서요"라고 말했다. (아버지가 맡긴 일이라는 의미였다.) 그리고 너저분한 관리인실에 머물면서 엔리코에서 사 온 이탈리언 샌드위치를 먹고 싸구려 레드 와인 두어 병을 마셨다. 목성 충돌이 인간이 유발한 폭발들보다 수백만 배 강력하다고 하지만, 화면에는 흩어지는 검은 연기만 보일 뿐이었다. 번뜩임, 불덩이, 불꽃 연기. 유성이 수백만이나 수십억 킬로미터를 날아가 목성의 대기와 충돌하고 사라져버렸다. 내가 꾸벅 존 순간, Q파편(혜성이 목성에 가까워지면서 조각났고, 조각마다 순서대로 알파벳을 붙였다―옮긴이)이 조각났다.

그 불덩이와 연기에 무슨 잘못이 있을까. 그것들이 목성이나 지구에 충돌한다면. 시간이 시작되었을 때부터 우주나 인간에 의해 그렇게 운명 지어졌던 거라면. 그러니 할머니 탓은 아니다. 늙은 사람에게 심통을 부리는 것은 잘못이다. 나한테 그렇게도 잘해주는데.

이렇게 된 일이다. 할머니는 이제 운전을 하지 않는다. 그래서 일을 보러 갈 때 내게 운전해줄 수 있느냐고 물었고 난 괜찮았다―가끔은. (물론 할머니가 수고비를 주었으니까.) 다른 노부인의 집에 태워다주련? 가여운 불구의 노인들이 사는 양로원에 가서 그녀를 기다렸다가 다시 집에 바래다주겠느냐고 하기에 난 알겠다고 했다. 내가 한가하고, 관리인으로서 집에서 해야 될 일이나 데일 공대의 과제가 별로 없으면 (사실 학기가 끝나서 다 종강했다.) 할머니는 내게 시킬 일을 생각해냈다. 정원 손질, 잔디 깎기, (잔디밭은 거의 반 에이커였다.) 나무울타리 손질하기, 장미 밭에 비료 주기 등등. 그것도 이론적으로는 괜찮았다. 몇 시간 일하면 할머니는 50달러에서 75달러를 현찰로 주었고, 난 일을 철

저하게 해낼 필요가 없었다. 할머니는 밖에 나와서 검사하지 않았거든. 눈 한쪽인지 양쪽에 백내장인가 뭔가 하는 수술을 받아서 또렷하게 보지 못했고, 난 그것에 대해 묻지 않았다. 할머니는 슬그머니 돈을 쥐여주면서 "너하고 나, 둘만 아는 일이야, 쿠엔틴. 우리만의 작은 비밀!"이라고 말했다. 아버지나 국세청이 모르게 하라는 뜻이었겠지.

아마도 할머니는 외로웠던 것 같고, 그게 이유였다. 저녁 먹고 가라면서 날 붙들기도 했다. 다른 노부인도 있었다. 할머니의 친구였는데, 난 가끔 이 노부인을 집까지 태워다주었고 그녀도 수고비를 주었다. 택시 기사 노릇을 한 거지. 뒤 창문에 성조기를 붙인 1987년형 포드 승합차로.

32

 다람쥐 사건 이전에도 그 무렵에는 계획이 많았다. 외계에서 아이디어들이 밀려들듯 머리가 시끌시끌! 어디 있는지도 모르고 깨어보면, 어딘지 모를 도시의 술집 주차장에 세워진 내 차 안이었다. 아침이었고 강렬한 햇살이 창처럼 눈을 찔러댔다. 냉정하고 침착한 태도로 승합차의 뒤쪽을 살펴보면, 얌전히 묶어놓은 쓰레기봉투와 플라스틱판들이 놓여 있었고, 증거는 찾을 수 없었다. 아니면 내 관리인 숙소에서 잠을 깼지만 침대가 아니라 소파에 누워 있었다. 지퍼가 열린 것 말고는 옷을 다 입은 차림이었고, 지퍼 밖으로 성기가 솟아 있었다. 텔레비전 소리가 시끄러웠고, 며칠인지 모르는 날의 아침이었다. 발치에 빈병과 맥주 깡통이 나뒹굴고, 피자 조각 위로 바퀴벌레들이 기어 다녔다. 음악대학에서 아름다운 종소리가 울리면, 내 잠 속에서 기적 같은 일이라도 벌어진 것 같았다! 어떤 목소리가 말했다. "쿠엔틴, 지하실에 내려가면 그가 널 기다리고 있어."

누가? 누가 날 기다린다는 거야?

"누군지 알면서 그래."

내 좀비? 내 좀비가?

하지만 목소리는 텔레비전 광고 속으로, 머리 위에서 나는 발소리 속으로 사라졌다. 배관에서 나는 소음과 옆집 부엌에서 자이레 출신의 커다란 흑인 남자가 (나는 그렇게 부른다.) 신문을 둘둘 말아서 바퀴벌레를 잡는 소리에 묻혔다. 나는 그에게 그러지 말라고 부탁했다.

그제야 온 우주에 Q__ P__ 혼자뿐임을 알았다. 어떤 일이 벌어지길 바란다면 스스로 그 일을 해야 한다.

33

 Q__ P__가 공대에서 여름 계절학기를 들어야 된다는 얘기가 있었지만, 등록 마감일이 지나버렸다. 나는 어머니, 아버지, 보호관찰관 T__ 씨에게 두 과목 다 학점을 땄고 학교가 마음에 들지만 계속 다닐지는 아직 결정하지 못했다고 말했다. 아버지는 흥분해서 "네 장래는 어쩔 거니, 얘야? 넌 서른 살이 넘었고 평생 관리인으로 살 수는 없는 노릇 아니냐?"라고 말했다. 그는 관리인이란 말을 똥이라도 되는 듯 내뱉었고, 내가 말했고, 아버지가 말했다. 어머니는 가을까지는 멀었으니까 서둘러 결정할 필요는 없다

고 말했다. 그래서 그날 그 이야기는 그렇게 끝났다.

    데일 공대에서 노스 처치 가 118번지로 Q__ P__에게 우편물이 왔다. 성적표 같았다. 나는 열어보지도 않고 쫙쫙 찢어서 버렸다.

34

   7월의 어느 일요일, 할머니네 집 잔디를 깎고 상록수 울타리를 손질하는데 옆집 수영장에서 아이들이 웃고 떠드는 소리가 들렸다. 내 안에서 쳐다보지 마라는 차분한 목소리가 들렸다. 하지만 애가 탔다. 안 봐도 알 것 같았다. 십대 소년 대여섯이 있었고, 그중 열다섯 살쯤 된 남자애가 내 마음을 빼앗아갔다. 그가 완벽한 자세로 다이빙한 후 수영장 밖으로 올라올 때 수영복 밑으로 물이 줄줄 흘렀다. 근육이 탄탄한 풋풋한 몸이 빛나서 나는 눈길을 뗄 수 없었다. 더 잘 보기 위해 생울타리를 따라 걸었고, 그의 얼굴을 보니 칼이 온몸을 긋고 지나가는 듯했다. 배리와 쌍둥이라고 할 만한 얼굴! 물론 내 기억 속의 배리는 더 어리고 머리가 검었지만, 이 아이는 더 나이가 많고 호리호리하고 민첩하고 시끄러웠다. 머리가 햇볕에 탈색되어 색깔이 옅었다.

배리는 데일 스프링스 중학교 7학년 때 친구였다. 그 학교는 할머니의 집과 1.6킬로미터 거리였다! 할머니 집에서 돌아갈 때면 한 블록쯤 떨어진 곳에 그 황갈색 벽돌 건물이 있었다.

배리는 학교에서 수영하다가 사고로 익사했다. 수영장 한편에 머리를 부딪혀서 가라앉았고, 아이들은 소리를 지르며 소란스럽게 공놀이를 하느라 모두 수영장에서 나올 때까지 사고에 대해 몰랐다. 몇 달 아니면 몇 년 후, 나는 어머니가 친구와 통화하는 내용을 엿들었다. "쿠엔틴이 아직도 그 가여운 아이의 죽음을 슬퍼한다니까. 그 일을 극복할 것 같지가 않아."

신문 스크랩과 추모 특집 교지에 실린 배리의 독사진과 농구팀과 찍은 사진, 배리의 사물함에서 챙긴 거무튀튀한 양말 한 짝을 내 비밀 장소인 매트리스와 침대 스프링 사이에 감추어두었다. 어느 날 밤 양말을 갖고 놀려고 손을 집어넣으니 보물이 사라지고 없었다. 누가 가져갔는지, 어머니인지 아버지인지 모르겠지만 아무도 그것에 대해 내게 말하지 않았다. 나 역시 아무런 내색도 하지 않았다.

그런데 이제 배리가 내게 돌아온 것이었다! 하지만 그는 햇빛 속에서 황금색으로 빛났고, 사실 더 잘생기고 십대 소년다운 섹시함이 있었다. 자신감이 넘쳤고 친구들과 잘난 체하며 돌아다니면서 여자애들에게 거들먹거렸다. 나는 당장 다람쥐라는 이름을 떠올렸다. 갈색이 섞인 금발과 활기, 으스대며 돌아다니는 모습과 요란하게 킬킬대는 웃음. 다람쥐가 떠올랐고 그래서 그게 이름이 되었다. 단순한 우연일 리 없었다. Q__ P__는 누군가 망치로 머리를 때린 것 같은 기분이었고, 내 성기는 감탄하며 긴장했다.

왜냐하면 여기 내 진정한 좀비가 있었으니까. 아무런 의문도 없었다.

Q__ P__는 침착하고 차분하게 생울타리로 돌아갔다. 가위를 들고 계속 나무를 손질했다. 검은 머리, 검은 피부의 표본들에 대한 생각이 싹 달아났다. 라미드, 아크힐, 압델라를 비롯해 노스 처치 가 118번지 지붕 아래 사는 사람

들, 심지어 '벨벳 혀'에 대한 생각은 변기에서 물 내려가는 것만큼이나 빨리 없어져버렸다.

35

Q__ P__가 관리인으로 일하는 이 건물. 내가 간절히 원하는 일인데 왜 평생 관리인으로 지낼 수 없다는 걸까?

P__ 가족 소유의 집은 크고, 기품 있는 붉은 벽돌로 지어진 빅토리아식 건물이다. 미시건 주 마운트 버넌 시 노스 처치 가 118번지. 이제는 관리인인 Q__ P__를 빼면 P__ 가족 누구도 여기 살지 않는다.

나한테는 딱 맞는 직장이다. T__ 씨의 말대로 책임을 갖는 것은 좋은 일이다.

할머니 말로는 유니버시티 하이츠가 변하기 시작한 것

은 2차 대전 후라고 한다. '검은' 사람들이 들어오기 시작하자, '하얀' 사람들은 데일 스프링스 같은 교외 지역으로 꾸준히 이사를 나갔고 그 흐름은 되돌려지지 않았다. 할머니는 "맙소사, 난 그 전쟁을 일으킨 독일인들을 절대로 용서하지 않을 거다!"라고 말했다.

  우리 집의 주춧돌은 1892년에 놓였는데 여전히 튼튼하다. P__ 할아버지가 1950년대에 수리한 지하실은 (내가 태어나기 전이어서 말로만 들었다.) 옛 구역과 새 구역, 둘로 나뉘어 있다. 새 구역은 콘크리트 바닥에 벽에는 비버보드(목재 섬유로 만든 가벼운 건축 자재 상표명—옮긴이) 판자가 붙어 있다. 가스 난방기, 온수기, 거푸집, 세탁기와 건조기 등등이 여기 있다. 관리인용 작업대와 전기 드릴 같은 공구류, 새로 구입한 체로키 사슬톱도 있다. 지하실의 옛 구역은 사용하지 않고 있다. 새 구역만큼은 아니지만 그래도 제법 널찍해서 부엌과 길이와 폭이 비슷하다. 단단히 다져진 흙바닥이고 천장 들보가 낮고 (바닥에서부터 180센티미터도 되지 않는다.) 거미줄이 잔뜩 있다. 흰개미가 득실대는 벽은 썩었다. 사십 년간 사용하지 않은 물탱크는 누수 자국을 제외하면 말라 있다. 비가 많이 오는 몇 달간은 하수구 냄새가 진동하지만, 나는 보조 펌프를 설치해놓았다. 건물을 잘 보존할 필요가 있다고 아버지를 설득했고 사실이 그렇다.

지하실의 옛 구역으로 들어가려면 몸을 굽히고 천천히, 조심스럽게 움직여야 한다. 환한 손전등이 필요하다. 눈썰미도 좋아야 한다. 깊이 숨 쉬지 않고 걸을 수 있어야 한다. 냄새가 심하니까. 쉽게 꺾이지 않는 의지도 필요하다.

이제 여러 달이 지났고 물탱크는 거의 개조가 끝나서 곧 사용할 수 있게 된다. 좀 이상하긴 할 테지만, 내 수술대를 거기 들여놓을 생각이다. 옷장을 구입한 구세군 재활용품점에서 접이식 식탁을 사는 것이 가장 좋을 것이다.

옷장은 내 방에 있다는 점을 밝혀야겠다. 깨끗이 닦고 소독약을 뿌려서, 옷이며 구두 등을 넣는 데 사용한다. 덩치에게 얻은 행운의 기념품이 담긴 포름알데히드 병도 옷장에 들어 있다. 병을 꼼꼼하게 은박지로 싸고 테이프를 붙였다. 잡지, 비디오, 폴라로이드 사진 등도 들어 있다. 항상 자물쇠를 잠가둔다.

지하실의 옛 구역과 물탱크가 중요한 곳인 것은 당연하다. 건강한 좀비가 여러 해 거기 산다 한들 누가 그에 대해 알겠는가? 관리인 Q__ P__ 외에 또 누가? 좀비가 실패로 돌아간다면 흙바닥을 금고 및 오물 처리장으로 쓸 수 있다. 낡고 썩은 문을 떼어내고 새 문을 달았고, 단단히 해두려고 지난주에 시어스 백화점에서 자물쇠를 구입했다.

36

Q__P__, 다람쥐 때문에 미쳐!!!

 데일 스프링스의 레이크뷰 대로에 있는 험프티덤프티 레스토랑의 화장실에 빨간 매직펜으로 그렇게 썼다. 다람쥐는 거기서 그릇 치우는 웨이터 보조로 일했다. 다람쥐가 그 화장실에서 일을 보면서, Q__ P__는 고사하고 다람쥐가 누군지 감도 못 잡으면서 궁금해할 생각을 하니 애가 탔다!

 얼마나 많은 낯선 이들의 눈길이 이 무슨 뜻인지 모를 Q__ P__, 다람쥐 때문에 미쳐!!!란 문구에 쏠렸을까. 내 성기에 환상적인 힘이 불끈 솟구쳤다.

  다람쥐는 험프티덤프티에서 (가까운 곳이라 할 수 있었다.) 수, 목, 금 낮 열두시부터 여섯시까지 웨이터 보조로 일했다. 여름방학 동안에 하는 아르바이트겠지. 어느 날 저녁 주차장에 내 승합차를 세우고 다람쥐를 기다리다가, 오후 여섯시 육분에 뒷문으로 나오는 그를 보았다. 스테이션왜건에서 기다리던 여자가 (아마도 그의 어머니) 그를 태우고 갔지만, 다른 때는 자전거를 타고 (다른 직원들의 자전거 두세 대와 함께 건물 뒤편에 세워두었고, 자전거에는 모두 쇠줄이 채워져 있었다.) 집으로 갔다. 그의 집이 있는 시더 가까지는 3.7킬로미터 거리였다. 다람쥐는 내가 처음에 짐작한 것처럼 할머니 옆집에 살지는 않았지만, 친구 집에 자주 와서 수영장에서 수영하고 또래의 십대처럼 요란한 록음악을 들으며 빈둥거렸다. (다람쥐가 할머니의 바로 옆집 이웃이 아닌 것은 좋은 징조였다. 경찰이 맨 처음 조사하는 곳은 늘 바로 옆집이니까.) 자전거를 타고 집으로 돌아가는 다람쥐를 뒤쫓아가는 일은 쉬웠다.

  누군가를 선택해서 집까지 쫓아가는 일은 어렵지 않다. 눈에 띄지 않을 필요조차 없다.

나는 그의 성을 알아냈고, 그 집에서 전화벨이 울리는지 알아보려고 한두 차례 전화를 걸었다. 여자가 전화를 받았고 (그의 엄마?) 나는 그를 바꿔달라고 했고 (이름이 그 아이와 어울리지 않는다.) "Q__ P__예요. 나중에 전화하죠"라는 메시지만 남겼다. 집에는 다람쥐보다 어린 아이가 적어도 둘 있고, 엄마와 아빠는 사십대 같다. 엄마는 데일 스프링스의 시더 가 거리에서 흔히 보이는 부인들과 비슷하다. 아빠는 임원 타입으로 뷰익의 라이비에라를 타고 서류 가방을 들고 다닌다. 내가 보기에 다람쥐는 데일 스프링스에 다닌다. Q__ P__의 모교. 너무 싫어서 싹 타 없어지기를 바랐던 학교. 안에 사람들이 있는 채로.

주소는 시더 가 166번지. 할머니 집은 아든 가 149번지. 두 거리가 평행을 이루고 있고, 같은 종류의 주택들이 서 있다. 대부분은 할머니의 집처럼 나무가 울창한 대지에 지은 식민지풍의 건물이다. 다람쥐네 집은 상당히 크고, 흰 말뚝 울타리와 아름드리나무들—미루나무? 참나무?—이 있다. 할머니의 집은 더 작고, 정면의 일부에 자연석이 붙어 있다. 할머니는 십 년 전쯤 할아버지가 죽자 여기 와서 살았다. 아들 내외와 가까이 살기 위해서. 지난번에 내가 갔을 때 할머니는 블루베리 와플을 만들어주었다. (정원 일을 시작하기 전에 늦은 아침 식사를 했다.) 그때 이런 생각이 퍼뜩 들었다. 할머니는 노인이고 오래 못 살 테고 당연히 유산을 남길 것이다. 이 집과 저축, 투자액, 월세가 나오는 노스 처치 가 118번지 건물도 있다. 그 건물은 얼마나 나갈까? 8만 달러? 10만 달러? 모두 합하면 할머니는 상당한 유산을 남길 것이다. 혹시 손자 손녀에게도 좀 남겨줄까? 최근 몇 달간 나는 할머니가 아끼는 손주가 이제 주니가 아니라 나라고 믿게 되었다. 물론 착각일 수도 있다. 여자들이 다른 사람에 대해 갖는 감정은 짐작할 수가 없으니까.

아무튼 P__ 할머니는 죽으면 R__ P__ 부부에게 큰 재산을 남길 테고, 그들 역시 영원히 살지는 못할 것이다.

관리인 Q__ P__가 노스 처치 가의 집을 물려받는 것이 마땅해 보였다. 어쩌면 노인도 지금쯤 그런 생각을 할 것 같았다. "이건 너와 나, 둘만의 비밀이야, 쿠엔틴. 우리만의 작은 비밀!"

그녀는 까치발을 하고 내 뺨을 토닥였다. 뚱뚱하지만 몸이 약한 노인이다. 노인의 뼈는 약하고, 속이 비어서 잘 부러진다고 한다. 그녀의 색깔 없는 눈동자에 미니어처 쿠엔틴이 지나갔다! 자기 분신이든 자식의 분신이든 일단 아기 때 사랑하면 그 눈에는 언제나 아기로 보인다.

37

계획은 느릿느릿 펼쳐지는 꿈처럼 세워졌고, 나는 재촉하거나 서두르지 않았다. 다람쥐의 여름 아르바이트가 노동절이면 끝나리란 것을 알긴 했다. 그러면 Q__P__가 그를 손에 넣을 수 있는 시간은 몇 주나 되나? 오 주일쯤. 게다가 다람쥐는 험프티덤프티에서 일주일에 겨우 사흘 일했다.

미시건의 무더위 속에서 나는 약 복용을 완전히 중단했고, 눈맞춤에 대한 두려움이 줄어서 평소 못 보던 것들을 보게 되었다. 그것들을 내 안에 깊이 받아들이고 곰곰이 생각했다. 아버지는 "책임감 있는 사람은 스스로 운을 만든다"고 말하곤 했다. 위대한 철학자가 한 말이란다.

그 토요일, 할머니의 집에서 생울타리 틈으로 먹잇감을 훔쳐보다가, 나는 다람쥐를 손에 넣으리란 것을 알았다. 의심의 여지가 없었다. 그는 수영장에서 다이빙하고 소리 지르고 수영복 밑으로 물을 흘리면서 웃고 뛰어다니며 내 애간장을 태울 수는 있었다. 또 험프티덤프티에서 내가 앉아 있는 자리를 아무도 없는 것처럼 흘려볼 수도 있었다. 하지만 그것이 일어날 일을 막지는 않을 것이었다. 슈메이커-레비 9혜성이 목성 가까이 날아간데다 엄청난 중력으로 인해 조각난 Q파편은 목표물에 충돌해서 산산이 폭발하고 말 것이었다. 그렇게 될 운명이고, 그렇게 될 것이었다. 시간이 생긴 이래 그렇게 되도록 정해져 있었다.

다만 Q__ P__의 전략은 과거와는 백 퍼센트 다를 것이었다. 여기는 도심도, 다른 주와 연결되는 외진 도로도 아닌 데일 스프링스였다. 상대는 중산층 가정의 백인 아이고, (그 부모가 보기에는) 애였다. 흑인도 혼혈도 아니고, 여러 사람이 챙기는 아이, 그래서 없어진 걸 알면 겁에 질려 곧장 경찰에 신고할 것이었다. 확실했다.

그것이 날 흥분하게 만들었다. 내가 아는 한 과거에는

경찰 수색은 고사하고 내 표본의 실종이 알려진 적이 단 한 번도 없었다. 이번은 경우가 다를 터였고, 나는 그런 도전을 감당할 수 있다고 믿었다. 그런 격렬한 욕망과 허기를 안았고, 다람쥐는 찬란한 천사처럼 내 삶으로 들어왔다. 그를 위해서라면 죽을 만했다, 결단코!

다람쥐가 데일 스프링스에서 히치하이킹을 할 것 같지도 않고, 그런다 해도 그때에 맞춰 Q__ P__가 지나갈 확률은 눈곱만치도 없을뿐더러 난 그렇게 오래 기다릴 수가 없었다! 다른 전략을 세워야 했다. 다람쥐는 내 차에 흔쾌히 올라타지 않을 것이므로 다람쥐를 제압하고 붙잡아서 차에 실어야 했다. 자전거도 실어야 하나? 아마 그렇겠지. 붙잡는 광경을 아무에게도 들키면 안 되는 것은 물론이고. 밤이 가장 좋을 테지만, 시더 가의 집 근처에서 무작정 잠복할 수는 없다. 그가 언제 올지 모르고, 그가 혼자인지 아닌지 모르는 상태에서 기다리기는 힘들 것이다. 황토색 승합차는 눈에 띌 테니까. 데일 스프링스에는 경찰 지구대가 있고, 순찰대도 있다. 또 다람쥐의 집에 접근하면 경보기 따위가 작동할 위험성이 농후했다. 그렇게 되면 끝장인데!

나는 할머니의 집에서 일했고, 차를 몰고 시더 가를 돌

앉다. 또 얼쩡대지 않을 수가 없어서 험프티덤프티에서 자주 식사했고, 다람쥐가 있을 때나 없을 때나 다람쥐에 대해 생각했다. 다람쥐를 쳐다보면서 생각했다. '널 사랑해, 널 원해, 너 때문에 죽을 지경이야. 넌 정말 끝내주는데 빌어먹을 왜 넌 날 쳐다보지 않는 거지? 왜 웃어주지 않는 거야?' 노스 처치 가 118번지에서 맡은 일에 게으름을 부렸을지 모르지만, 이때는 여름이어서 방 다섯 개에만 세입자가 있었다. 제날 쓰레기를 내놓지 못하면 그다음 주에 내놓으면 그만이었고, 청소와 관리는 필요하면 했고, 정기적으로 바퀴벌레 살충제를 뿌렸다.

아버지가 전화해서 메시지를 남겼기에 평소처럼 야단치려는 줄 알았다. 하지만 "네 할머니에게 잘하니 고맙구나, 쿠엔틴!"이라고 말했다.

험프티덤프티에 너무 자주 가는 건 위험했지만, 어슬렁대지 않을 수가 없었다. 이따금 식당 주차장에 주차했고, 때로는 의심을 사지 않으려고 길 건너나 가까운 식품점 주차장 또는 길모퉁이에 차를 세웠다. 하지만 식당 주차장은 늘 만원이었고, 오후 잠깐을 제외하면 식당은 언제나 북적댔는데 난 오후 다섯시 이후를 선호했다. 어린아이들을 데리고 온 가족 단위의 손님이 많아서 Q__P__가 눈에 덜 띄는 시간대였다. 여섯시까지 얼쩡대면 아르바이트생들이 근무 교대를 했고, 난 자전거를 타고 집으로 가는 다람쥐를 지켜볼 수 있었다. 그가 다니는 길을 난 다 외웠다.

  적당한 거리를 두고 차를 몰고 따라갔다. 혹은 한 블록을 빙 돌아서 차를 세우고, 그가 아무것도 모르고 지나기를 기다렸다. 다람쥐가 자전거를 타는 모습이라니! 빠르고, 등을 구부리고, 동작에 군더더기라곤 없었다. 빈틈없고 솜씨 좋게 레이크뷰 대로의 차량 사이를 누볐다. 그리고 지름길인 옆길, 골목길, 교회 주차장 뒤편으로 지나갔다. 야구모자를 거꾸로 썼고, 돼지꼬리처럼 묶은 갈색 금발이 목덜미를 가렸다. 얼마나 소년 같으면서도 사내 같았는지. 거의 다 큰 남자였다. 입은 씩 웃거나 비웃을 수 있었고, 눈은 아주 따뜻하거나 날카로워질 수 있었다. 자전거 핸들을 잡은 모양새며 허벅지와 종아리의 근육, 둥근 척추는 또 얼마나 유연해 보였는지. 이 아이가 내 좀비가 될 거라니, 숨이 쉬어지지 않았다!

  그러다 험프티덤프티에서 다람쥐를 바라보았다. 그가 지저분한 접시 따위가 담긴 쟁반을 어깨에 올리면, 싱싱한 근육이 실룩이는 것이 보였다. 또 목덜미의 돼지꼬리 머리……

  너무 흥분해서 험프티덤프티 버거 스페셜을 놔두고 비척비척 남자 화장실로 가서 자위를 하며 신음소리와 낑낑대는 소리를 냈다. 진정한 좀비는 영원히 내 것이 될 것이다. 내 앞에서 무릎을 꿇고 말할 것이다. "오직 당신만 사랑합니다, 주인님. 퍼런 내장을 쏟아낼 때까지 마음껏 농락하십시

오." 나는 끈적끈적한 분비물을 티슈로 닦고 식탁으로 돌아와서, 냅킨 안쪽에 그 티슈를 감추었다. 다람쥐가 그런 줄 모르고 치우도록.

내 좀비!

별로 배고프지 않았지만 (할머니 집에서 먹었기에) 녹인 치즈와 양파, 매운 살사 소스가 든 큰 스페셜 버거 두 개, 소금 뿌린 기름진 스페셜 감자튀김 2인분을 게걸스레 먹었다. 큰 사이즈 콜라 두 컵과 블랙커피를 여러 잔 마시자 카페인 기운이 올라왔다. 아침에 마약까지 했으니. 자위를 너무 해서 어지럽고 떨리고 눈의 초점이 맞았다 흐려졌다 했다. 껌을 씹는 웨이트리스가 내게 뭐라고 물었다. "손님?" 내가 듣는 것 같지 않자 그녀는 어깨를 으쓱하고 가버렸다. 그런데 다람쥐는 어디 있지? 다람쥐가 보이지 않았다! 귓속이 윙윙거리고 머리 위로 록음악이 쏟아졌다. 아이들의 목소리와 웃음소리가 내 두개골 속에서 메아리치는 것 같았다. 그때 다람쥐가 나타나서 다른 웨이터 보조와 함께 테이블을 치웠다. 테이블은 돼지 떼가 지나간 것 같았다. 그는 스펀지로 닦고 냅킨이며 스티로폼 컵 등을 플라스틱 바구니에 담았다. 다른 웨이터 보조는 다람쥐 또래

였고, 둘은 친구 사이여서 함께 싱긋 웃었다. (그들이 자기들을 지켜보는 Q__ P__를 본다면 어떤 반응을 할까?) **다람쥐**는 똑똑하고 섹시하고 자기가 그렇다는 걸 분명히 알고 있다. 그의 친구보다 훨씬 근육이 탄탄하다. 턱 부분에 살짝 흠집이 있고, 찡그리고 눈을 굴리는 습관이 있어 그 또래에게 흔한 조롱하는 표정이 보인다. 그의 친구 몇이 식당에 들어왔고, 그들은 재치 있는 농담과 욕설을 주고받았다. 왜 Q__ P__에게는 그런 친구들이 없었을까? 나를 좋아하는 친구, 형제 같은 친구, 쌍둥이 같은 친구가 왜 없었을까? 이제 그들은 나를 보는 둥 마는 둥 한다. 어린 자식들은 날 제대로 보지 않는다.

 내 손이 떨렸다! 다람쥐가 옆을 지나갈 때 난 포크를 놓쳤다. 포크는 쨍그랑 소리를 내며 바닥에 떨어졌다. 내가 요구할 필요조차 없이, 재빠르고 예의 바른 **다람쥐**가 내게 새 포크를 가져다주었다. 미소를 지으며 "여기 있습니다, 손님!"이라고 말했고, 나는 "네, 고마워요!"라고 말했다. 그의 얼굴을 향해 눈을 들었지만 눈을 맞추지는 않았고, 다람쥐는 이미 저쪽으로 갈 채비를 했다. 그래도 초록색이 감도는 서늘한 그의 눈매를 힐끗 보긴 했다. 지금껏 본 눈과는 전혀 달랐다. 내 좀비.

나는 남의 눈에 전혀 띄지 않았던 것 같고, 그건 다행스러웠다. 그들은 내 또래 사람들을 쳐다보지 않는다. 다행스럽다. 물론 마음이 상했고 심술이 났다. '어린 자식, 곧 언젠가 톡톡히 대가를 치를 거야.' 하지만 다행이었다. 보이지 않는 남자 Q__ P__.

내 차림새는 카키색 반바지, 지저분한 민소매 티셔츠, (조금 나온 배를 감추려고 헐렁하게 입었다.) 잠자리 테 선글라스, 낡은 샌들. 할머니 집에서 일할 때는 건들대는 흑인처럼 머리에 땀을 흡수하는 빨간색 밴드를 둘렀다. 더워서 밴드가 땀에 절었다. 내 몸에서 독한 냄새가 났을 것이다. 할머니가 샤워하라고 했지만 그럴 시간이 없었다.

그날은 왼뺨에 있는 점이 당황스러웠다. 블루베리 주스와 빨간 매직펜으로 그려넣었다. 10센트짜리 동전만 한 별 모양의 점. 그게 반갑지 않은 눈길을 끌었다.

 *점 (실제 크기)*

웨이트리스가 계산서를 들고 왔다. 16달러 95센트였다. 나는 5달러를 팁으로 남겼다.

"웨이터 보조와도 나눠 가져요."

내가 웨이트리스에게 말했다.

"네?"

"웨이터 보조. 저기 돼지꼬리 머리를 한 친구요. 5달러를 팁으로 주는데 저 친구 몫도 있다고요."

그녀는 껌을 씹는 속도를 늦추면서 나를 쳐다보더니, 눈을 깜빡이면서 살짝 얼굴을 붉혔다. 돈을 훔치려다가 들킨 사람 같았다. 5달러를 혼자 꿀꺽할 작정이었음이 분명했다. 그녀가 말했다.

"여기서는 팁을 다 같이 나누거든요, 손님. 그게 방침이에요."

"알았어요. 그냥 말한 거예요."

"그게 험프티덤프티 방침이에요, 손님. 우린 모두 나눠 가져요."

"알았어요."

나는 비틀비틀 자리에서 빠져나왔다. 선글라스가 콧등에서 미끄러졌다. 내가 말을 이었다.

"……그거 쿨하군. 공평하네요."

다람쥐가 계속 쳐다봤는지, Q__ P__가 고개를 똑바로 들고 걸어가는 것을 봤는지, ……그랬을 거라고 짐작만 할 뿐이었다.

38

Q__ P__. 지속적인 발기.

그 여름 너무나 많은 이상한 것들이 내 머리에 빗발쳤다. 내 머릿속에서 유성의 밝은 진주 스물한 개가 하나씩 폭발하는 것 같았다! 더, 더 많이 터질 것 같았다!

나는 새로운 눈으로 보고 있었고 겨우 몇 시간만 자면 되었다. 계획과 펄펄 넘치는 힘과 활기와 먹잇감을 잡으려는 희망이 넘쳐났다. 할아버지의 낡은 물탱크에서 내 좀비가 기다리고 있고!

평소에는 오십 분 내내 하품을 하는 닥터 E__조차 안경을 벗고 누런 눈을 문지르더니 메모를 했다. 내 '건강해 보이는' 얼굴빛에 대해 말하고 생활이 어떤지 물었다. 그래서 나는 "아주 잘 풀리고 있습니다, 선생님"이라고 말하면서 수줍게 미소 지었고, 그건 헛소리 아닌 진담이었다. 내가 대견했다. 그러자 닥터 E__는 하루 세 번 식사와 함께 약을 꾸준히 먹고 있느냐고 물었고 나는 "그렇습니다, 선생님"이라고 말했다. 그러자 그는 갑자기 뒷다리로 서서 영어를 지껄이는 개라도 본다는 듯이 날 바라보며 눈을 깜빡거렸다.

"쿠엔틴, 꿈을 꿨어요?"

"네, 선생님."

"어떤 꿈이었어요?"

"병아리들이요."

"뭐라고요?"

"병아리들이요. 새끼 병아리들."

잠시 침묵이 흘렀고 닥터 E__는 안경을 콧잔등 위로 올리고는 계속 나를 쳐다보았다. 누런 눈에 경계심과 궁금증이 떠올랐고, 그것은 십육 개월 만에 처음 있는 일이었다.

"음…… 병아리들이 어떻게 되는 꿈이었지요, 쿠엔틴?"

"모르겠습니다. ……그것들이 그냥 거기 있었어요."
내가 말했고, 이 말은 사실이었다.

닥터 E__에게 더는 그가 필요하지 않다고 말할 뻔한—뻔한!—이후로 기분이 아주 좋았다. 개똥 같은 처방전도 필요 없다고, 그걸로 네 밑이나 닦으라고 말할 뻔했다.

그날은 화요일이었고, 다람쥐가 험프티덤프티에서 일하지 않는 날이었다. 추적추적 비가 뿌리고 있어 할머니네 옆집인 친구네 집 수영장에도 오지 않을 터였다. 나는 대학 캠퍼스를 서둘러 걷고 있었다. 여느 때처럼 에라스무스 홀에서 오른쪽으로 꺾었고, 카키색 반바지에 헐렁한 마운트 버넌 대학 티셔츠를 입고 잠자리테 안경을 쓰고 있었다. 일부는 의심의 눈초리로, 몇몇은 인정하는 눈빛으로 쳐다봤다. 계절학기 중이었고 사람들은 나와 비슷한 옷차림이었다. 물론 캠퍼스에서 늘 마주치는 구닥다리 교수들은 제외하고. 그들은 우리 같은 사람을 별종이나 나치 보듯 쳐다본다. 아니면 그보다 더 나쁜 존재처럼 본다. 하지만 지난밤 **병아리** 꿈을 꾸면서 무슨 의미일지 궁금해하다가, 곧 대답을 알게 될 거라는 확신이 생긴 뒤로 기분이 아주 좋았다.

　오래전에 가본 다윈 홀에 들어가서, 어디로 갈지 아는 사람처럼 3층으로 올라갔다. 대형 강의실에 고개를 들이밀었지만 거기가 아니었다. 생물학과 사무실을 들여다봤지만 거기도 아니었다. 냄새가 고약해서 눈이 따끔거리는 실험실에 들어가니 거기였다. 오래전 거기에 고양이들, 토끼들, 원숭이들의 우리가 쌓여 있는 걸 본 적이 있었다. 모두 머리에 전선을 매달고 있었다. 일부는 우리 안에서 꼼짝하지 않았고, 일부는 고개를 돌리고 몸을 비틀었다. 몇몇은 눈알을 번득거렸지만 보지 못했고, 모두 입을 벌리고 있었지만 소리 내지 못했다. 들리지 않는 소리 없는 비명이 공중에 울려 퍼졌다. 나를 데리고 온 사람은 아버지였겠지? 아니면 아버지를 따라 다른 방에 왔다가 나 혼자 돌아다니다 냄새에 끌려 관계자 외 출입 금지: 생물학과 실험실에 들어왔을 것이다. 하지만 그날 거기는 그냥 실험실이었다. 길쭉한 방에 개수대와 카운터와 집기 등이 있었고, 벽에 쌓여 있던 동물 우리들은 보이지 않았다. 아시아인으로 보이는 젊은 여자 대학원생이 혼자 거기 있다가 약간 겁먹은 것처럼 눈을 깜빡이며 날 보았다. Q__ P__에게는 그것도 다행이지. 유일하게 신뢰할 수 있는 부류의 여자니까. 난 동물들이 어디 있느냐고 묻고 그녀는 무슨 동물이냐고 대꾸한다. 나는 예전에 이 실험실에 고양이, 토끼, 원숭이들이 있었다고, 당신들이 그 동물들을 가지고 실험하지 않았느냐고 말한다. 그녀는 그게 언제였느냐고 묻고 나는 몇 년 전이라고 말하고, 그녀는 여기 온 지 겨우 이 년 되어서 모르겠다고 말한다. 이제 학과가 변했다고. 그녀는 자료를 백업하는 중이었고, 나는 그녀가 탁자에 있는 대형 스크린이 달린 컴퓨터로 백업하는 것을 본다. 그녀는 백업을 했고, 더 이상 설명할 수도 없어서 나는 그러지 마, 저 계집애를 놀라게 하지 마라고 생각했다. 난 더 이상 물어대지 않았고 최대한 말투를 바꾸었다. 난 하루가 다르게 말투를 바꾸는 데 능숙해져서 점점 잘하고 있다. 그녀에게 생물학과 학생이냐고 묻자, 그녀는 유전학 박사과정 중이라고 대답한다. 내가 박사과정을 밟는 물리학과 학생이고 R__ P__ 교수의 조교라고 말하자, 떡판 같은 얼굴의 그녀는 째진 검은 눈으로 날 쳐다본다. 망할 놈의 R__ P__가 누군지 모르는구먼! 웃음이 난다. 진짜 웃음. 에라스무스 홀은 안뜰 건너편에 있는데. 약간 숨이 막힌 나는 양손으로 기름기 많고 꽁지깃 같은 머리칼을 매만진다. 난 더 이상 밀어붙이지 않고, 우리는 대화를 이어간다.

"성대가 정확히 어디 있습니까?"

"뭐라고요?"

"성대요. 성대가 정확히 어디 있냐고요."

"성대? 저기…… 사람의 목구멍 안에 있는?"

"인간의 성대는 그렇지만 난 동물에 대해 말하는 겁니다."

내가 말한다. 차분하고 이성적으로 말한다. 내 태도를 보면 동료 과학도로 여기겠지. 내가 다시 말한다.

"실험실에서는 동물들의 성대를 자르지 않나요? 어떻게 하는 겁니까?"

그녀는 또다시 약간 겁을 먹고 불안한 표정으로 나를 쳐다본다. 그녀가 말한다.

"난 그런 종류의 연구는 하지 않는데요."

그러자 내가 말한다.

"나도 마찬가지입니다. 난 물리학 박사과정 중이라고 했잖아요. 그런데 어떻게 하는 거죠? 쉬운가요, 아니면 까다로운가요?"

'떡판'은 모른다는 듯이 고개를 젓고, 난 좀 성질이 나서 그런 내색을 한다. 내가 말한다.

"알았어요. 그럼 성대는 정확히 어디 있습니까?"

'떡판'은 성대가 있는지 검사하는 것처럼 손으로 자기 목을 짚으며 말한다.

"느낄 수 있어요. 말할 때 만져보면 성대가 떨리거든요."

39

계량화할 수 있고 계량화할 수 없는 물질!

오랫동안, 빌어먹을 세월 동안 Q__ P__의 인생은 예컨대 왼쪽이나 오른쪽으로 고작 몇 센티미터 움직이는 것 같았다. 또는 점점 키가 컸거나. 그사이 우주 전체가 재배열되었고, 남들은 그런 레이더를 갖고 태어났지만 Q__ P__는 아니었다. (당시에는 어려서 정확히 말로 표현 못 했지만) 학교 식당에서 브루스와 그의 친구들 무리 뒤에 바짝 붙어서는 일. 고등학교 샤워실에 적당한 시간에 적당한 걸음걸이로, 적당한 머리와 어깨의 각도로 들어가는 일. 어제 루딩턴의 직거래 장터에서 병아리 서른여섯 마리를 구입했다. Q__ P__는 살면서 처음 해보는 일이었고, 그 일을 함으로써 새로운 사람이 될 것이었다. 또는 이스턴 미시건 대학에서의 몇 달. Q__ P__는 거기서 그의 취향은 아니지만 남들을 잘 관찰해서 옷과 신발을 구입했고, 하루 두 번씩 샤워했다. (피부에서 비늘 같은 각질이 일어날 때까지 한동안 그랬다.) 필체와 서명을 바꾸려고 애썼고, 숙달되는 데 몇 주가 걸렸다. 하지만 결국 성공했다!

Quentin

왼쪽이나 오른쪽, 위나 아래로 움직이는 것, 뚱뚱하거나 날씬해지는 것. 피부색의 변화와 주근깨. 이제는 가느다란 콧소리가 아닌 굵은 목소리. 어쩌면 Q__ P__는 델타 카파 엡실론(대학생 친목단체―옮긴이)에 가입하게 될지도 몰라! 하지만 그렇게 쉬워 보이는 일이 실은 몹시 어려웠다.

심장이 있다면, 상심하게 되는 법이다.

얼마 전 어머니와 할머니를 미시건 주 홀랜드에 있는 양로원까지 태워다주었다. 장로교회의 원조를 받는 양로원이었다. 그들은 파란색으로 염색한 꽃 화분을 들고 늙어 꼬부라진 여자 친척을 면회하러 들어갔다. 나는 한동안 로비에서 어슬렁대다가 주차장으로 나갔다. 어떤 사람이 휠체어에 앉아 있고, 그들의 가족이 나를 흘끔대더니 마침내 그들 중 젊은 사람이 떨리는 목소리로 말했다. "실례지만 우리 어머니를 빤히 쳐다보지 말아주시겠습니까?" 그날은 캠퍼스에서 다람쥐 생각에 빠진 나머지, 다람쥐-다람쥐-다람쥐와 비슷한 체격의 남자만 보면 내 성기가 방망이처럼 단단해지고 머리가 쭈뼛거렸다. 몸이 터지기 전에 남자 화장실을 찾아서 발산해야 했다. 어떤 문을 여니 조명이 켜진 무대가 있고, 타이츠 같은 것을 입은 남자들과 여자들이 팀파니와 호른 연주에 맞춰 춤을 연습하는 중이다. 그들은 춤에 몰입해서 그림자 속에서 Q__ P__가 쳐다보는 줄 모르고, 마침내 누군가 내게 다가온다. 두꺼운 안경을 낀 교수 같은 여자가 내게 누구냐고 묻고, 나는 놀라지 않고 그녀에게 몸을 돌리고 말한다. 우문현답이라도 되는 듯이. "이 시간과 공간의 접점에 여기 서 있게 된 존재가 아니면 달리 누구겠습니까?"

그날 밤 뒤 창문에 성조기를 붙인 1987년식 포드 승합차를 몰고 데일 스프링스의 시더 가를 달렸다. 그늘진 곳에 차를 세우고, 쌍안경으로 커튼이 드리워지거나 어두운 창문들을 보면서 생각했다. '여기가 내가 있는 곳이라면, 이곳은 바로 나야.' 과연 그랬다.

40

일은 어떻게 굴러가는가. 7월 28일, 아버지의 변호사에게 전화했다. 지난해, 아버지는 그를 내 변호사로 선임했고, L__ 판사실에서 나온 날 이후로 연락한 적이 없었다. 나는 다급한 목소리로 말했다. "아버지에게는 말하지 마세요! 경찰이 나를 미행하고 괴롭힐까 봐 겁납니다. 실제로 행동하거나 말을 하지는 않지만 밤낮으로 경찰차가 노스 처치가를 순찰하고 있어요. 그리고 그들이 이 집의 세입자 몇 명을 조사했다고 믿을 만한 근거도 있고요. 세입자들이 방을 빼면……." 내 목소리는 높아졌고 숨이 찼다. "……아버지는 내게서 관리인 일자리를 빼앗을 겁니다. 내가 어떻게 해야 됩니까?"

　중고 접이식 식탁을 구입했다. 시내의 구세군 재활용품점이 아니라 그랜드래피즈에 있는 가구 아울렛에서 샀다. 직원 한 명이 식탁을 승합차 뒤 칸에 싣는 것을 도와주었다. 그는 "의자는 사지 않으십니까? 의자 네 개까지 해서 한 세트인데요"라고 말하고, 나는 "의자요? 왜요?"라고 말한다.

　일반 가정에서 쓰는 고무장갑을 샀다. 설거지할 때 쓰는 것. 약국에서 거즈 한 롤을 구입했다. 수술용 마스크를 준비하려고.

　병아리들에게 모이와 물을 주었다. 상자 세 개에 숨 쉴 수 있게 구멍을 뚫었다. 지하실의 옛 구역에 긴 전선을 끌어다놓았더니 편리하다. 병아리-병아리-병아리를 판 농부는 상자에 각각 50와트짜리 전구를 켜서 따뜻하게 해주라고 조언했다. 작은 부리와 앙상한 발, 염색한 것 같은 노란 잔털. 부활절 병아리가 일 년 중 이때 태어난다고 생각하지는 않겠지.

41

 7월 마지막 주. 의지가 워낙 단단해서 수요일과 목요일에는 험프티덤프티에 얼씬거리지 않았지만, 금요일에는 거기 가 있었다. 다람쥐가 눈에 보이지 않자 난 미칠 것 같다. 식당 맨 안쪽, 주방으로 통하는 문 근처에 앉는다. 거꾸로 쓴 야구모자, 보통 안경 위에 검은 플라스틱을 내리고, 얼굴에 푸르스름한 점을 만들고. 그런데 다람쥐가 없다. 일을 그만두었을까? 떠나버렸나? 다시 어떻게 그를 만난다? 맙소사. 아, 하나님. 당신이 존재한다면 지금 날 도와주세요!

주방문이 활짝 열리자 열기와 냄새가 훅 밀려나온다. 거기 다람쥐가 있다!

날짜는 7월 29일, 시간은 오후 다섯시 칠분.

얼른 접시로 눈을 내리깐다. 스페셜 닭튀김과 콜슬로를 곁들인 스페셜 감자튀김을 먹는 중이지만, 곁눈질로 다람쥐를 뒤쫓는다. 그는 더러운 접시 따위를 치우고 있다. 윗입술에 땀이 번들거린다. '네가 날 바라봐준다면…… 미소를 지어준다면…… 딱 한 번만!' 하지만 배리처럼 그는 나를 보지 않는다. 브루스처럼 나를 보지 않는다. 저기 반바지와 목에 끈을 묶는 식의 민소매 티셔츠를 입은 여자애 셋이 앉아 있다가, 머리를 뒤로 넘긴다. 그들은 친구인 다람쥐를 놀려대고, 지저분한 앞치마를 두른 그는 어색하게 얼굴을 붉힌다. 그렇긴 하지만 그게 마음에 드는 게 분명하다! 내 좀비는 그런 계집애들 앞에서 당당한 성기처럼 걷거든! 그들에게 입술을 일그러뜨리며 미소를 지을 때 하얀 치아가 드러나고 오른쪽에 보조개가 생긴다. 난 그 보조개를 처음 본다. 난 힘줄을 씹다가 목이 막힐 뻔하고, 계집애들은 같이 몸을 떨며 키득댄다. 셋이 비닐 의자에서 엉덩이를 동시에 씰룩대고, 그들의 주인인 다람쥐는 접시가 담긴 큰 쟁반을 어깨에 얹고 당당히 걷는다.
　내 좀비가 머리끝부터 발끝까지 보인다!

　오후 다섯시 오십팔분. Q__P__는 험프티덤프티를 떠나 승합차로 간다. 차는 레이크뷰 식품점 뒤쪽에 눈에 띄지 않게 세워져 있다. 금요일 저녁이라 주변이 복잡하다. 시동을 걸고 일 분쯤 있다가 동쪽으로 향하는 차량들 속으로 천천히 들어가니, 곧 레이크뷰를 따라 동쪽으로 자전거 페달을 밟는 다람쥐가 나타난다. 그는 계속 우측 차선을 달리고 나는 주차할 데를 찾는 사람처럼 안전하게 거리를 두고 천천히 쫓아간다. 다람쥐가 평소처럼 좁은 골목인 로커스트로 빠져 남쪽으로 향하자 나는 쫓아가지 않는다. 그는 일방통행인 뒷골목으로 (레이크뷰와는 반 블록을 두고 평행) 들어가서 세인트 아그네스 성당 뒤편을 향해 동쪽으로 달려 **제로지점**을 지난다. (그를 잡기 위해 내 차는 거기 세워질 것이다.) 나는 가속 페달을 밟아 펄 가에서 우회전해서 남쪽으로 달리다 교회와 부속 묘지를 지난다. 일 분 후쯤 백미러에 아무것도 모르고 페달을 밟는 다람쥐가 나타난다! 그는 영화 속에 있는 것 같고, 그걸 모른다. 하지만 난 알고, 인도 옆에 차를 붙여 그가 내 옆을 지나게 한다. 페달을 밟는 강인한 다리, 둥글게 굽힌 날씬한 등. 나는 다람쥐를 천천히 따라가고, 아든 가를 지난다. (여기서 동쪽으로 한 블록 거리에 할머니가 산다.) 이윽고 다람쥐는 시더 가로 들어서고 나는 계속 남쪽으로 펄 가를 달린다. '너하고 나, 둘만의 비밀이야. 우리만의 작은 비밀.'

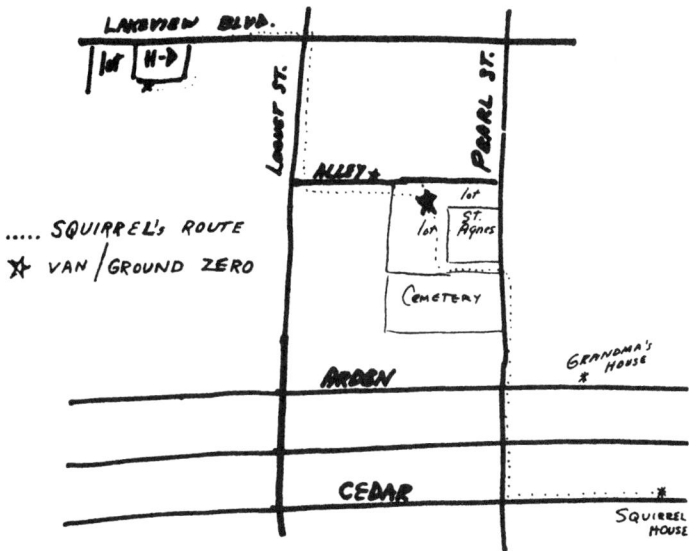

42

　미시건 교정국의 요청으로 보호관찰관은 몇 주 혹은 몇 달마다 범죄인의 거주지에 '조사'를 나가야 한다. (그의 불평에 따르면) 업무가 과중한 T__ 씨는 Q__ P__의 거주지 방문을 부득이 연기해야 했지만, 마침내 8월 2일 화요일, 노스 처치 가 118번지에 찾아왔다. '미성년자 성추행' 죄를 인정한 Q__ P__는 보호관찰 2년차이고, 고용 기록과 행동과 투약 기록의 '모범' 사례다. T__ 씨는 십 분밖에 없다고 설명했고, 시무룩해 보였다. 그는 한참 동안 카폰으로 통화한 후 계단을 올라와 "잘 있었소, 쿠엔틴!" 하면서 나와 악수하더니, 내가 전염이라도 시키는 듯이 얼른 손을 뺐다. 다초점 안경을 쓴 그가 눈을 들었고, P__ 가족의 집에 놀란 기색이 읽혔다. 유니버시티 하이츠 지역인 것도 그렇고. 그는 칼라마주에 있는 웨스턴 미시건 주립대에 다녔다.

  내가 문을 열자 T__ 씨가 앞장서서 안으로 들어가며 지적장애아에게 말하는 것처럼 크게 말했다. "그러니까 이 건물을 책임지고 있군요? 잘됐소, 쿠엔틴." 그를 응접실로 안내했다. 응접실에는 세입자들을 위한 소파와 의자, 텔레비전이 비치되어 있었다. '세입자 전용 부엌'도 구경시켜 주었다. 나는 그릇을 씻어두었고, 개수통의 물때까지 말끔히 닦았다. 해충약 냄새가 독했지만 바퀴벌레는 보이지 않았다. 뒤죽박죽 어질러진 찬장은 열지 않았다. 내가 용무가 있는 것처럼 냉장고 문을 열었을 때, T__ 씨가 다문 이 사이로 한숨을 내쉬었는지도 모르겠다. "아주 좋네요, 쿠엔틴. 그러면 어디서 기거하나요?" 그에게 건물 뒤편의 내 방을 보여주었다. 문 옆에 검은 글자로 관리인 Q__ P__라고 적은 흰 종이가 붙어 있었다. 창문에서 에어컨이 덜덜거리고 환기구가 열려 있었으니, 방에서 무슨 냄새가 났든

심하게 나지는 않았으리라 믿는다. (냄새가 나더라도 내겐 익숙할 테니 내 코를 믿을 수가 없었다.) 세탁해야 될 땀이 말라붙은 양말과 속옷, 젖은 수건 등등. 세면대와 변기와 샤워 부스에 낀 거무죽죽한 때. 하지만 침대는 말끔히 정돈되어 있고, 이불보(어머니가 구입한 것)에는 파란색의 작은 배와 닻, 날아다니는 물고기가 수놓여 있었다. 이불 밑에 베개도 반듯하게 놓여 있었다. 바깥 유리를 닦아야 되는 창문 밖으로 뒷마당이 보였다. 내가 할머니 집에 가서 너무 많이 일하느라 몇 주간 잔디를 깎지 않아 지저분했다. 하지만 T__ 씨는 별로 눈여겨보지 않았다. 에어컨 위에 놓인 돌 열두 개도 마찬가지였다. 나는 자발적으로 옷장 문을 열었고, 거기 옷걸이에—한순간 정신을 잃은 내 좀비들이 보였다!—내 옷가지가 걸려 있었다. 많지는 않지만 고급스럽고 독특했다. 선반에 건포도 눈의 가죽 모자와 덩치의 얼룩말 무늬 셔츠(Q__P__에게는 너무 크다), 가죽 넥타이, 도마뱀 가죽 허리띠, 새끼 염소가죽 재킷이 있었다. 바닥에는 내가 아끼는 '수탉'의 새끼 염소가죽 부츠가 있었다. 나는 캐비닛 문도 열었다. 문 안쪽에 걸린 달력에는 ★★★이 그려져 있고, 티셔츠, 작업복 반바지, 조깅화 등이 들어 있었다. 독한 소독약 냄새가 풍겼다. 오븐에 통닭을 데울 때 담는 쿠킹 호일 봉지에 포름알데히드 약병이 들어 있었다. 그 병에 덩치의 소중한 기념품이 담겨 있었지만, 물론 테이프를 단단히 감아놓아서 아무 냄새도 나지 않았고, 의혹도 사지 않았다. 나는 캐비닛을 힐끗 보는 정도 이상으로 오래 열지 않았다. T__ 씨는 힐끗 보지도 않았다. 하긴 왜 그러겠는가. Q__ P__는 감출 게 없다. 대여섯 자루의 칼과 얼음송곳 등과 권총은 지하실에 넣어놓고 열쇠로 잠가두었다. T__ 씨는 "대단하군요, 쿠엔틴. 아주 말끔하고 깨끗하군요. 당신에게 딱 좋지요?"라고 말했다. 그러면서 "약간의 책임감은 사람을 기분 좋게 만들죠?"라고 말했다. 내 근육잡지들과 포르노, 폴라로이드 사진들과 다람쥐의 자전거 노선지도는 감춰두었다. 대신 데일 공대 교지와 반듯하게 편 갈색 종이봉투 뭉치가 바닥에 쌓여 있었다. "우리 집사람하고 똑같네. 저놈의 슈퍼마켓 봉투"라고 T__ 씨가 말했다. 침대 옆 탁자에 『지구물리학 기초』가 놓여 있는 것을 보자 T__ 씨는 책을 집더니 안에 적힌 이름을 힐끗 보았다. "중고 책이네? 내 교과서도 모두 중고 책이었는데. 새 책 살 형편이 아니어서." 그는 내게 데일 공대의 수업에 대해 묻고 나는 전에 말했던 것을 말했다. 그는 좋은 학교라고, 누나의 아들이 전기공학과를 졸업하고 랜싱에 있는 제너럴모터스 사에 신입 사원으로 들어갔다고 말했다.

현관 복도를 지나 T__ 씨를 문까지 배웅했다. 우편함 앞에서 압델라와 아크힐이 서서 수다를 떨고 있었다. 그들의 눈과 이가 번뜩거렸다. T__ 씨(얼굴이 불그레하고 대머리인 배불뚝이 백인)가 다가가서 "실례하겠소!"라고 중얼대며 좁은 공간을 지나가자, 그들은 조용해졌다. 이제 압델라와 아크힐은 조용히 위층으로 올라갔고, T__ 씨는 말이 없다가 현관 밖으로 나가자 입을 열었다. "저들에게는 백인이 관리인이라는 게 좀 이상하겠죠?" 그러더니 얼른 덧붙였다. "다른 뜻이 있어서 하는 말은 아니오. 난 흑인 친구도 많아요. 그냥 역사가 그렇다는 말이죠."

43

Q__ P__의 관리인 숙소에 있는 에어컨 위에는 뒷마당에서 가져온 작은 돌멩이 아홉 개가 있다. 원래는 열다섯 개였다.

하루하루가 지나갔고, 남은 8월의 나날 중에 어딘가에 제로지점이 정해졌다.

8월 9일, 아버지와 어머니가 전화해서 같이 메시지를 남겼다. 늘 그랬던 것처럼 이 주 동안 매키낵 섬으로 휴가를 갈 거라고 했다. "네가 같이 가기 꺼려하니 아쉽구나, 쿠엔틴! 하지만 마음이 바뀌면……." 나는 삭제 버튼을 눌렀다.

  8월 11일, 주니가 전화했다. 나는 지하실 옛 구역에 있는 물탱크에 '수술실'을 마련하다가 맥주를 가지러 위층으로 올라왔다. 주니가 나무라는 말투로 메시지를 남기고 있었다. 내가 전화를 받고 전화해주리라 기대했다면서 그녀는 말했다. "왜 연락하지 않았니, 쿠엔틴? 괜찮은 거니, 쿠엔틴? 무슨 일이 잘못된 거야, 쿠엔틴? 다시 술을 마시는 건 아니겠지, 쿠엔틴? 제발 전화 좀 해줘."

  삭제.

  일은 어떻게 굴러가는가. 어떤 시간과 공간의 교차점. 인생의 하루 중 어떤 순간. 울타리, 높은 생울타리가 있고 건물 뒤편의 일방통행 골목. (내가 승합차를 세우고 납치할 곳으로 고른 곳은 '매물'로 나온 상업용 건물 뒤쪽이었다. 뒤 출입구가 있고 쓰지 않는 차고가 있었다. 근처에 개인 주택은 없었다. 차가 골목을 지나갈 위험성과 다른 아이들이 자전거를 타고 지나갈 가능성은 늘 있었지만, 그 정도는 Q__ P__가 감수해야 했다.) 이제 돌이킬 수 없다.

44

에어컨 위에 남은 돌멩이는 여섯 개. 이후 다섯 개였다가 네 개. 혜성의 Q파편이 폭발하려 한다. 그런데 언제?

8월 25일 목요일이 그날이 될 거라는 생각이 들었다. 제로지점에서. 캐비닛 안에 걸린 달력의 그 날짜에 빨간 매직펜으로 ★을 그려놓았다.

몇 번이나 Q__ P__는 차에서 조용히, 요령 있게 먹잇감인 다람쥐를 기다릴까. 몇 번이나 Q__ P__는 다람쥐가 될까. 그는 어떤 위험도 알지 못한 채 재빨리, 쾌활하고 우아하게 자전거 페달을 밟았다. 사냥꾼의 총구가 제 심장을 겨누는 줄도 모르고 달리고 폴짝폴짝 뛰는 사슴 같았다. 다람쥐는 갈색 도는 금발에 타이거즈 야구모자를 거꾸로 쓰고, 날렵한 어깨를 낮은 핸들 위로 굽혔다. 허리띠를 졸라맨 청바지 입은 허리가 어찌나 가는지, 내 손 한 줌밖에 안 될 것 같았다. 그 작은 돼지꼬리 머리라니! 그을린 잘생긴 얼굴을 위로 들면 이마에 주름이 생겼다. 애들에게서 그런 주름을 흔히 보는데, 아이들이 걱정은 고사하고 생각을 한다는 게 놀랍다. 다람쥐는 자기가 '특별한 운명'을 가진 줄 아는 것 같았다. 뼈마디가 불거진 등줄기를 보면 내 몸이 떨렸다.

아니! 그는 너무 아름다워서 Q__ P__가 손댈 수 없어!

서너 시간 걸려 자위했고, 너무 흥분해서 가만히 앉아 있을 수 없었다. 너무 흥분해서 밖에 나갈 수 없었다. 누군가 나를 보는 위험을, 내가 과속한다거나 이상행동을 보인다고 신고하는 위험을 무릅쓸 수 없었다. 세입자들을 피할 수도 없었다. 그들이 내 문을 두드리면 나가야 했다. 어머니가 매키낵 섬에서 전화해서 왜 거기서 자기들과 며칠이라도 같이 보내지 않느냐고 말했다. 바다가 얼마나 아름다운지, 또 공기는 얼마나 맑은지 모른다면서. 아버지가 전화를 바꾸더니 다정하고 푸근하게 말했고, 난 엄지손가락으로 메시지를 삭제했다. 다시 주니가 전화했고 내가 수화기를 들자, 곧장 잔소리를 해댔다. 오늘은 8월 21일인데, 왜 나더러 전화에 답하지 않았느냐고, 자긴 적어도 메시지를 세 개는 남겼다고, 얼마나 걱정했는지 모른다고! 기타 등등. 난 타코벨에서 사 온 냉동 비프 부리토(얇은 옥수수 빵에 쇠고기와 야채를 싸먹는 멕시코 음식―옮긴이)를 먹고 버드와이저 맥주를 마시는 중이다. 텔레비전 채널을 쭉 돌린다. 쉰두 개 채널을 계속 넘기다가 처음부터 다시 돌린다. 찾는 게 있는데 그게 뭔지 모르는 것처럼 초조하다. 주니는 떠들어대고 있다. 늘 떠들 듯이. 중학교 교장인 별난 누나. 끈적끈적한 아보카도 소스가 내 팔뚝에 흘러내린다. 6번 채널에서는 아프리카의 어딘가에서 알몸의 흑인 시체들이 쓰레기장에 널브러진 장면이 나온다. 9번 채널에서는 보스니아라는 곳에 있는 폭격 받은 병원에서 아이들이 울부짖다가 "여러분의 주지사가 말씀드립니다"라는 광고로 넘어간다. 11번 채널에서는 승합차가 바위가 많은 사막에서

덜커덩덜커덩 달리는 광고가 나온다. 12번 채널에서는 미시건과 오대호 주변의 기온이 계속 높겠다는 일기예보가 나온다. 엠티비에서는 섹시한 라틴계 여자가 약에 취한 백인 자식의 젖꼭지를 빨고 있다. 다시 11번 채널로 돌아간다. 주니는 나와 한 방에 있는 것처럼 쏘아붙인다. "쿠엔틴, 듣고 있는 거니?" Q__P__는 "빌어먹을, 내가 달리 어디 가 있을 거라고 이래, 주니?"라고 말하고, 망할 년은 뺨이라도 얻어맞은 것처럼 잠시 입을 다문다. 나는 부리토를 마저 먹으면서 텔레비전 화면을 응시한다. 여기 뭔가 메시지가 있다는 것을, 다급한 뭔가가 있다는 것을 안다. 주니는 나와 대화하고 싶다고, 내가 걱정된다고 말한다. '잘못된 교제'가 내게 영향을 미칠 수 있다고. 신형 다지램(크라이슬러 사의 자동차. 승합차는 운전석 뒤에 좌석이 있고, 그 뒤로 짐칸이 있다―옮긴이)이 울퉁불퉁한 땅 위를 달린다. 하늘에는 커다란 달이 떠 있다. 아니면 다지램이 달에 있다. 저기 지구가 떠가는 건가? 주니는 내가 부모님에게 잘사는 모습을 보여야 될 의무가 있다고 말한다. 내 심성이 착하다는 것을 자기는 안다고. 자기도 항상 정서적으로 안정된 것은 아니라고 말한다. 자기도 유독 스트레스에 시달리는 시절이 있었다고. 실은 앤아버(미시건 주의 도시—옮긴이)의 홀리스틱(몸 외에 영적인 부분까지 치료하는 대체의학의 일종—옮긴이) 치료사를 만나고 있다고. 하지만 어머니 아버지에게는 말하지 않을 거지, 쿠엔틴? 두 분은 나를 강한 사람으로 생각하시거든. 내가 두 분 곁을 든든히 지켜줄 거라고 믿으셔. 잠시 침묵이 흐르다가 그녀가 말한다. 쿠엔틴? 듣고 있니? 나는 툴툴대며 그럼, 그럼, 이라고 말한다. 누나가 (혹은 형일 수도 있다.) 내가 나온 구멍에서 나왔다는, 똑같은 곳에서 튀어나왔다는 생각이 든다. 모든 게 복불복이지만, 그래도 유전자 코드라는 게 있고, 그 때문에 누나는 (또는 형은) 내가 알리고 싶지 않은 모습을 안다. 주니가 나를 안다는 말은 아니다. 우주 안의 그 누가 나를 안다는 말이 아니다. 하지만 그런 사람이 하나 있다면, Q__ P__의 영혼을 들여다보는 그 한 사람은 주니일 것이다.

주니는 내일 밤에 저녁 식사에 초대하겠다는 말을 되풀이한다. 대화하자는 게 아니라, 내가 만나면 좋을 만한 친구가 있다고. 나는 바쁘다고 말한다. 그럼 그다음 날 저녁은? 바빠. 그녀는 토라져서 쏘아붙인다. 도대체 네 생활이 뭐 그리 대단한데, 쿠엔틴? 날 물 먹일 생각 하지 마. 너,

어떤 사람들과 어울리니? 난 텔레비전을 보면서 그녀의 말을 듣지 않는다. 그녀는 이제 심각하게 말한다. 내가 뭐가 두려운지 아니, 쿠엔틴? 네 '비밀 친구들' 중 하나가, 약쟁이가 언젠가 네게 해를 입힐 거라는 사실. 내가 두려운 게 그거라고. 어머니 아버지를 생각하면 걱정돼. 왜냐하면 넌 너무 순진하고 넌 지금이 1960년대인 것처럼 너무 사람을 믿으니까. 넌 너무 단순해. 지독하게 어리석어서 네게 가장 득이 되는 게 뭔지 모른다고.

다지램이 덜컹덜컹 달린다. 화면이 바뀌어 야구 유니폼을 입은 녀석들이 나타난다. 디트로이트의 타이거 구장이다.

이제 마지막 단계라는 걸 안다. 두 개째 부리토를 먹는다. 배가 고프지 않지만 게걸스레 먹는다. 내 입이 저절로 살아서 움직이는 듯이 손에 든 것을 마구 주워 삼킨다. 나흘 후면 **제로지점**으로 간다. 없어진 조각 퍼즐이 있었는데 이제 찾은 것 같다. 퍼즐이 완벽하게 들어맞는다.

지하실로 내려가서 문을 닫고 열쇠를 잠그고, 낡은 물탱크로 들어가서 문을 단단히 닫는다. 병아리들이 있다. 꿈과 똑같지만 이건 실물이다! 삐약 삐약 삐약. 병아리들은 날 겁내지 않고, 나는 (쿠킹 호일 그릇에) 물을 새로 담아 상자마다 넣어준다. 똥을 치우고, 병아리들이 먹을 빵부스러기와 낟알을 뿌려준다. 겨우 일주일 됐지만 **병아리들은** 배가 고픈 듯이 모이를 정확히 쪼아 먹고, 어른 새들처럼 스스로를 돌볼 줄 안다. 그들은 태어나서 지금껏 그냥 먹기만 했고, 그들에게는 모이가 제공되었다.

하릴없이 병아리 수를 헤아렸다. 상자마다 열두 마리. 병아리는 서른여섯 마리다. 아직 모두 다 살아 있다.

45

다음날 할머니에게 다지램의 할부 계약금을 빌려줄 수 있느냐고 물었다. 내가 타던 포드가 너무 고물이어서, 정비소에서 수리비가 (브레이크와 카뷰레터) 중고차 값보다 많이 나온다고 말했다고. 할머니는 "쿠엔틴, 당연하지!"라고 말하면서 미소 짓고, 앙상한 손을 약간 떨면서 개인수표를 쓴다. 나는 "빌리는 거예요, 갚을게요"라고 말하고, 할머니는 웃으면서 "아이고, 쿠엔틴"이라고 말한다. 여자들은 사랑할 대상, 그를 위해 살 대상이 필요하다. 남자에게는 상대가 누구인지가 중요하지 않다. 할머니는 내 점심으로 구운 치즈 샌드위치를 준비한다. 내가 어릴 때 할머니 집에 가면 환장하며 먹었던 바싹 구운 베이컨을 넣는다. 할머니는 오줌 색깔이 나는 홍차를 홀짝거리고, '심장약'이라 부르는 샌드위치를 먹는다. "너를 알게 된 느낌이 드는구나, 쿠엔틴. 올여름에 말이다. 하나님은 예상치 못한 방식으로 일하신다니까, 그렇지 않니!"

그러면서 "이건 너하고 나, 둘만의 비밀이야, 쿠엔틴. 우리만의 작은 비밀!"이라고 말한다.

난 배가 고파서 먹는다. 셔츠 주머니에는 수표가 들어 있다. 결정을 내린 후로 몇 년 만에 가장 입맛이 좋아서 이 날 아침에는 허리띠에 새로 구멍을 뚫어야 했다. 진정제를 곱절로 먹으니 심장이 차분해지고 튼튼해지고, 꾸준히 뛰고, 내 성기 속에서 박동이 불끈불끈하는 게 느껴진다. 제로지점이 워낙 가까우니 일은 금방 끝날 테고, 노스 처치가 118번지에 돌아가면 내 좀비인 다람쥐가 지하실에서 날 기다릴 것이다. 먹을 것과 마실 것, 그를 (그리고 그의 주인을) 위한 전신 거울이 있고. 다람쥐의 멋진 초록 눈과 끝내주게 섹시한 돼지꼬리 머리. 키스하고 빨라고 만들어진 입술과 대단한 엉덩이. 할머니는 떨리는 목소리로 자신의 삶을 완전하게 만들 것이 딱 하나 남아 있다고 말한다. 그녀가 그다지도 사랑하는 주니나 나, 또는 우리 둘이 결혼해서 자식을 낳아서 대가 이어진다면 행복하게 죽을 수 있을 거라고. 할머니는 우리 조상들은 너무나 당당하고 선하고 정직한 기독교인들이었다고 말한다. 우리는 이런 대화를 나눈다.

"쿠엔틴? 그 무엇도 그보다 행복하진 않을 거야."

"그게 뭔데요, 할머니?"

"말했잖니. 네가 얼른 결혼해서 자식을 낳으면 내게 그보다 행복한 일은 없을 거라고 말이다."

그녀는 눈을 매만지고 서글프게 웃으면서 말한다.

"내가 늙긴 늙었나 보구나. 젊은 사람들의 인생을 간섭하면 안 되는데."

"아니에요, 할머니. 괜찮아요."

"지나친 요구라는 건 알아. 그냥 노인네 마음을 달래려 그러는 거지."

"아니에요, 할머니. 괜찮아요."

"알아. 이젠 세상이 많이 달라졌지."

나는 체리 아이스크림을 수저로 퍼서 혀로 핥으며 말

한다.

"할머니, 아니에요. 울지 마세요. 세상은 그렇게 달라지지 않았어요."

46

 일은 어떻게 굴러가는가. 8월 23일 다지램을 구입했다. 중고차를 주고 새 차를 사면서, 중고차 값을 속았다. (포드가 고작 1300달러.) 그러나 흥정할 입장이 아니었다. 짙은 초록색이 감도는 갈색 도장. 단단해 보이는 차대가 지면에서 한참 위에 있다. 포드보다 훨씬 남성적이고, 물론 사륜구동이다. 포드보다 마력이 높고, 뒷좌석이 더 널찍하다. 기어와 조명등 등을 사용하며 시운전을 했다. 복잡한 에어컨 장치도 작동해보았다. 뒤창에 붙이려고 진한 녹색 비닐 쓰레기봉투 한 묶음을 샀다. 이번에는 성조기를 붙이지 않지만, 나중에 붙이게 되겠지. '해병이 될걸 그랬어'라는 새 범퍼 스티커도. 8월 24일에는 거의 온종일 지하실과 물탱크에서 물품을 준비했다. 얼음송곳, 치과용 꼬챙이, 새로 날을 간 다양한 크기의 칼. 옥도정기, 거즈, 반창고 등등. 다람쥐가 먹고 소화시킬 수 있는 간편식, 에비앙, 담요, 변기(다락에서 가져온 사기 변기. 골동품이려나?), 화장지 등등. 전신거울(역시 다락에서 가져왔다), 또 승합차도 준비했다. 두 번째 좌석과 뒤 칸 사이를 합판으로 막았다. 맨 뒤 칸에 비치한 물품은 티셔츠와 청바지, 빠른 에너지 충전을 위한 플루트 룹스(고리 모양의 시리얼—옮긴이), 에비앙, 종이봉투에 담긴 싸구려 와인 세 병. 뒤쪽에 장갑, 재갈 물릴 스펀지, 마스킹 테이프, 끈, 마대, 바닥에 깔 방수천, 쓰레기봉투를 놔두었다. 새로 산 승합차의 뒤 칸이 더럽혀지는 게 싫었다. (차에 피를 뿌릴 계획은 없었고, 그런 일이 일어나지 않기를 바라지만 표본이 겁에 질릴 터였다. 아무리 용감한 사람도 때로 뱃속 통제력을 잃는 법.) 물고기 손질용 칼. (38구경 권총은 주머니에 갖고 다닐 예정이었다.) 오랫동안 건드리지 않았던 **토드 커틀러**의 적갈색 곱슬머리와 매끄러운 콧수염을 골라두었다. 길 위쪽에 있는 버거킹에서 식사한 후 대학가 선술집에 들러 맥주를 몇 잔 마셨다. 아무와도 대화하지 않고 일찍 잠들었다. 메타콸론(진정 수면제의 상표명—옮긴이)을 한 알만 먹고 아기처럼 푹 잤다. 8월 25일 오전 여섯시 이십분에 깨어보니, 흥분해서 성기가 전기 봉처럼 꼿꼿했다. 두 차례 자위해야 했고, 용암처럼 뜨거운 것이 나왔다. 버거킹의 스페셜 아침 메뉴는 3달러 99센트. 접시를 비우고 커피를 많이 마셔서 카페인 기운에 취했는데 기분이 좋았다. 평소처럼 소소한 집안일을 했다. 커다란 흑인 남자(늘 주방에서 거무튀튀하고 기름진 것을 팬에 튀기는)에게 인사 따위도 했다. 나는 그를 잘 요리했다고 믿는다. 흑인이 백인을 싫어하면, 나는 내가 순수한 백인이 아니라고 생각하게 만들 것이다. 샤워를 하고, 흰 바탕에 초록색 글씨와 인디언 도끼 마크가 있는 마운트 버넌 대학 티셔츠를 입었다. 허리띠를 매지 않는 카키색 작업복 반바지를 입고 양말과 조깅화를 신었다. 계획한 대로 할머니에게 전화했다. 목요일이니 잔디밭을 조금 깎아야 되는 날이다. 하지만 할머니는 집에 오는 길에 새치 부인을 태우고 와주겠느냐고 물었다. 전에도 그런 적이 있었고, 상관없었다. 그래서 좋다고 중얼댔는데, 아차 했을 때는 이미 늦었다. 그런데 '그 편이 더 나을지 몰라. 노인 한 명보다는 두 명이 낫지'라는 생각이 들었다. 계속 준비했다. 텔레비전을 켜두고 방에서 나와 문을 잠갔다. 오후 네시 사십분, 이 시간에는 집이 텅 빈다. 지하실에서 병아리가 담긴 상자들을 옮겨와 뒷문에 바싹 대놓은 승합차 뒤 칸에 실었다. 평소 다니는 길로 데일 스프링스에 가서, 라일락 가 13번지에 들러 새치 부인을 태운 시간이 오후 다섯시. 아든 가 149번지의 할머니 집까지 사 분간 더 달렸다. 새치 부인은 쉴 새 없이 재잘댔다. "이렇게 배려심 깊은 손자를 두었으니 네 할머니는 얼마나 복 많은 사람인지." 병아리들이 삐약 삐약 삐약 소리를 냈지만 판자 가리개 뒤에 있었고, 새치 부인은 떠드느라 소리를 못 들었거나 귀가 잘 들리지 않았다. 할머니 집에서 나는 레모네이드를 마셨고, 몇 분 후 집 안에서 수다를 떠는 두 노인을 두고 나왔다. 차고 옆, 집에서 보이지 않는 차도에 차를 세우고, 야구모자를 쓰고 작업용 장갑을 꼈다. 다섯시 이십오분, 차고에서 잔디 깎는 기계를 꺼내 와 잔디밭 뒤쪽부터 깎기 시작했고 집에서 뒤쪽을 향해 가로 방향으로 풀을 깎았다. 다섯시 삼십오분, 잔디 깎는 기계를 풀밭 중간쯤 상록수 생울타리 뒤에 잘 숨겼다. 모터를 작동시켜둔 채 나는 집에서 보지 못하게 살그머니 차고 옆으로 갔다. 내 차에 올라타서 토드 커틀러의 가발을 쓰고 수염을 단 후에 다시 야구모자를 썼다. 검은색 선글라스를 썼다. 다섯시 오십이분, 천천히 차를 몰고 할머니 집 차도를 빠져나와 아든 가 서쪽으로 달려 로커스트 가로 향했다. 레이크뷰 대로 아래쪽 일방통행 골목으로 올라가 제로지점에 주차하고, 시동은 끄지 않았다. 골목에는 인적이 없었다. 승합차 뒤 칸에서 마지막 준비를 했다. 뒷문 한 짝을 열고, 여섯시 이분에 병아리 상자들을 땅바닥에 내렸다. 여섯시 삼분, 상자를 열어 병아리들을 풀어놓았다. 병아리들은 삐약 삐약 삐약 작은 날개를 퍼덕이며 바로 상자에서 나와 흙바닥을 쪼았다. 병아리들은 흙 말고는 아무 관심도 없었고, 나는 계속 침착하고 태연했다. '벌어진 일은 벌어진 일이니까. 시간이 시작된 이래로 쭉.' 여섯시 팔분경, 골목으로 들어서는 자전거가 보였다. 그 후로 시간의 경과를 의식하지 못했지만 난 여전히 침착하고 태연했다. 꿈속에서처럼 다람쥐가 페달을 밟으며 내 쪽으로 오고 있었다. 하긴 어떻게 안 그럴 수 있겠어. 운명일 수밖에 없는 것을. 다람쥐는 골목에서 샛노란 솜털이 난 귀여운 병아리들을 보자 놀라서 바라보았다. 지나는 길목에 병아리들이 흩어져 있어 속도를 늦출 수밖에 없었다. 그는 브레이크를 잡고 자전거에 앉은 채 웃음을 터뜨리며 "무슨 일이에요? 병아리들인가요?"라고 말했다. 토드 커틀러는 조마조마해서 시무룩하게 대꾸했다. "사고가 났네요, 녀석들을 놓쳤는데 도와줄래요? 부탁해요!" 성격 좋고 의심할 줄 모르는 다람쥐는 도움이 되는 게 기쁜지 씩 웃으며 자전거를 한쪽에 세웠다. "그럴게요!" 그는 몸을 굽히고 퍼덕이는 병아리 두 마리를 양손에 담아 토드 커틀러에게 가져왔다. 토드 커틀러는 승합차 뒤에 놓은 상자 앞에서 몸을 굽혔다. 다람쥐가 농담처럼 "어떻게 이렇게 많이 갖게 됐어요? 와! 거친데요!"라고 말했다. 엠티비 채널에 나오는 판타지 같다. 토드 커틀러는 미소 지으면서 "고마워요!"라고 말했다. 그러자 다람쥐는 승합차의 오른쪽 뒤 타이어 밑에 있는 두 마리를 더 잡으려고 몸을 굽혔다. 그 순간 뱀처럼 날쌘 토드 커틀러가 소년의 턱 밑으로 팔뚝을 넣고, 다른 손으로 소년의 버둥대는 양팔을 눌렀다. 한 번, 두 번, 세 번, 소년의 숨통을 조이자 목이 부러질 뻔하고, 소년은 발을 뻗어보지만 다리에 힘이 빠져 소용이 없었다. 토드 커틀러는 순식간에 몸을 일으켜 다람쥐를 승합차 안으로 끌고 들어가 문을 닫고 잠갔다. **토드 커틀러**는 흥분해서 눈알이 튀어나올 것 같았고 성기가 커졌다. 다람쥐의 입에 스펀지를 쑤셔 넣고 머리통과 턱에 테이프를 단단히 둘렀다. 마대를 다람쥐의 머리에 씌우고 역시 테이프를 둘둘 감았다. 이제 얼굴과 머리가 보이지 않았고, 소년은 숨을 쉬려고 버둥댔고, 사타구니에 얼룩이 번지고 오줌 냄새가 났다. **토드 커틀러**는 손을 더듬어 소년의 바지를 찢고 말랑말랑한 성기를 꺼냈다. 한 번, 두 번, 세 번, 아이의 음낭에 충격을 주면서 신음했다. 그의 머리통 속에서 눈알이 휙 움직였고, 몇 초인지 몇 분인지 몰라도 눈앞이 까매졌다. 소년의 몸 위에서 몸을 떨면서 가슴을 진정시키려 했다. '널 사랑해, 내가 널 다치게 하지 않게 해줘. 널 사랑해, 사랑해!' 그의 입에서 아기처럼 침이 흘러내렸고, 눈물이 차올라 앞이 보이지 않았지만, 달아오른 살갗에 닿는 마대 자루가 꺼끌꺼끌했다. 그의 몸 밑에 있는 소년의 몸은 너무 여리여리했다. 갈비뼈며 쇄골이며. 소년은 다시 몸을 움직였고 스펀지를 문 채 희미하게 신음하며 팔다리를 휘저었다. **토드 커틀러**는 체중을 실어서 소년을 더 단단히 눌렀다. '가만히 있으면 다치지 않을 거야! 가만히 있으면 다치지 않는다고! 난 네 친구야.' 겁에 질린 소년은 생각보다 힘이 셌지만 **토드 커틀러**가 더 힘이 셌다. 투덜대면서 소년의 양팔을 옆구리에 붙여놓고 마대를 두른 뒤 줄로 단단히 맸다. 다리, 발목, 정강이, 무릎을 줄로 묶자, 이제 소년은 상처 입은 벌레처럼 꿈틀대기만 할 뿐 움직이지 못했다. 몸을 꿈틀대면서 목구멍 깊이 신음하며 울부짖었고, 그 소리는 멀리서 나는 아기 울음처럼 들렸다. 그러자 그 몸 위에 걸터앉은 **토드 커틀러**는 화가 나서 양손으로 소년의 목덜미를 감았다. 맥이 뛰는 자리였다. 그는 숨을 헐떡이고 있었다. '넌 다치지 않을 거야! 넌 다치지 않을 거라고 내가 장담해! 하지만 나한테 저항하지 마!' **토드 커틀러**는 손가락에 힘을 주어 소년의 머리를 흔들고 또 흔들며 승합차 바닥에 쾅쾅 내리쳤다. 결국 소년이 저항하지 않고 가만히 있자, **토드 커틀러**는 소년의 몸에서 내려왔고 그제야 거기가 어딘지, 해야 될 일이 무엇인지, 그리고 위험을 깨닫게 되었다. 위험에 대해 잊고 있었던 것 같다. 그럴 때는 늘 그러는 것처럼. 손목시계를 보니 여섯시 이십삼분이었고, 처음에는 그 의미가 얼른 이해되지 않았다. 그러다가 정신을 차렸고 가발을 벗고 콧수염을 떼고 (수염이 느슨해져서 입술 아래로 처져 있었다.) 풀어두었던 반바지를 제대로 입었다. 소년을 살펴보니 간간이 갈비뼈를 들먹이며 숨을 쉬고 있었다. 그러니 괜찮다고 생각하고 서둘러 승합차의 조수석으로 가서 운전석으로 넘어갔다. 백미러로 보니 골목은 여전히 텅 비어 있었고, 그는 차를 몰기 시작했다. (계기판이 이상스러우리만치 새것이고, 운전대는 빡빡하고, 예기치 못하게 차가 무거웠다.) 차가 천천히 쿨렁대다가 곧 순조롭게 움직이며 교회 주차장을 (거의 비어 있어서 토드 커틀러 쪽을 쳐다보는 사람은 아무도 없었다.) 지나서 펄 가로 들어갔다. 남쪽으로 가서 아든 가로 접어들었고 할머니 집이 있는 동쪽으로 갔다. 차 뒤쪽에서는 아무 소리도 나지 않았고, 그는 승합차를 아까처럼 주차하고 자동 잠금 장치로 차 문을 모두 잠갔다. 뒷좌석을 들여다보려 했지만, 진녹색 비닐이 시야를 막았다. 잔디 깎는 기계가 놓인 곳으로 서둘러 갔다. 기계는 여전히 돌아가고 있었다. 지금까지 계속 덜덜댔고 여전히 덜덜대고 있으니, 두 노인은 기계 소리를 들었을 테고 틀림없이 내가 거기 있는 줄 알았을 것이다. 다시 잔디를 깎기 시작했고, 느긋하게 뒤로 갔다 앞으로 갔다 뒤로 갔다 앞으로 갔다 하면서 잔디밭의 가로 방향으로 움직였다. 그러다가 힐끗 주위를 돌아보니 ……저게 뭐지? ……개가 내 차를 킁킁대고 있었다! 개가! 그 순간 똑바로 서서 손뼉을 치면서 개에게 저리 가, 라고 소리쳤다. 개는 잠깐 나를 빤히 쳐다보았고, 내가 "집에 가! 집에 가라고!"라고 고함치자, 몸을 돌려 터벅터벅 차도를 걸어가 사라졌다. 오후 여섯시 오십사분, 나는 기계를 끄고 차고에 가져다두었다. 차도에 있는 승합차를 살펴보니 별일 없는 듯했고 뒷좌석에서는 아무 소리도 나지 않았다. 집으로 들어가서 할머니에게 오늘 일은 다 했다고, 뒤쪽 잔디밭을 다 깎았다고 말했다. 이때가 일곱시였고 나는 그만 가봐야 했다. 할머니와 친구는 나를 쳐다보았고, 할머니는 "쿠엔틴, 네 얼굴 좀 봐라"라고 말했다. 내가 "얼굴이 왜요?"라고 말하자, 할머니는 "많이 더운 것 같구나, 애야. 좀 씻지 그러니?"라고 말했다. 그래서 씻었고, 욕실 거울을 보니 Q__ P__가 햇볕에 그을린 모습으로 멍하니 날 바라보고 있었다. 왼쪽 눈에 핏발이 섰고, 머리는 점점 벗어지고 있었다. '네 미래는 어떻게 되는 거니, 애야? 넌 서른 살이 넘었어.' 나온 술배. 이 카키색 반바지에는 허리띠를 하지 않지만, 허리띠를 두르면 배가 꽉 눌렸다. 다시 부엌으로 가자 할머니와 친구가 Q__ P__에 대해 이야기하고 있었다. 지금 둘 다 죽일까, 승합차에 있는 놈까지 모두 죽여서 당장 시체 세 구를 처치할까, 라는 생각이 들었다. 그러면 시간이 절약되고 더 이상 걱정할 필요가 없을 텐데. 할머니가 말하고 있었다. "쿠엔틴, 여기 있다가 저녁을 먹고 가면 안 되겠니?" 내가 대답했고, 할머니는 "그러면 좋겠는데! 너는 혼자 사니까 끼니를 제대로 못 챙기겠지. 총각 생활이 쉽지 않거든"이라고 말했다. 나는 새치 부인을 집에 태워다주겠다고 말했고, 그녀는 저녁을 먹고 가기로 했는지 택시를 타고 가면 된다고 말했다. 내가 문 쪽으로 걸어가자 할머니는 "어머나, 쿠엔틴, 기다려라!"라고 소리치더니 내게 돈이 든 것 같은 봉투를 건네주었고, 난 받으면서 고맙다고 말하고 나왔다. 승합차로 가니—옛날 차가 아니라 반짝이는 황록색 다지램—또 개가 와 있었다. 털이 뻣뻣하고 원숭이처럼 꼬리가 휜 비쩍 마른 개가 경계하는 눈빛으로 거기 있었다. 내가 "저리가! 꺼져!"라고 소리치며 손뼉을 치고 발길질을 하자, 개는 냅다 도망갔다. 다람쥐의 개인가? 주머니에 든 38구경 권총으로 죽여야 하나? 승합차 안에서는 아무 소리도 나지 않앉다. 차에 올라타 차도를 빠져나오다가 후진을 잘못해서 잔디밭을 밟았지만, 도로에서는 제대로 운전했다. 승합차가 무거워서 날렵하게 움직이지 않았다. 하지만 난 괜찮았다. 오후 일곱시 십이분이었다. 느린 차량들 속에서 레이크뷰를 달려 호수로 향했다. Q__ P__는 어두울 때 노스 처치가 118번지로 돌아가기로 했지만 그 시간 전에 무얼 할지에 대해선 명확한 계획을 세우지 않았다는 것을 난 알아차렸다. 계획이 애매했다. 영화에서는 페이드아웃이 되었다가 나중에 페이드인이 된다. 하지만 난 그렇게 할 수가 없었다. 내게 그런 능력은 없었다. 나는 시간 '속'에 있었고, 시계 바늘이 빠져 시간이 멈추었다. 다지램은 포드보다 연료를 태우는 속도가 빨랐다. 영업 사원은 "좀 놀라실지 모르겠네요. 연료를 넣을 때는 꽉 채울 돈을 준비하십시오"라고 말했다. 하지만 지금은 그 생각을 할 수 없었다. 미시건 호수가 내려다보이는 서밋 파크에 차를 세웠고, 배가 고파서 시리얼을 먹었고, 봉투로 싼 포도주를 병째 마셨다. 술병을 봉투에 넣은 것은, 경찰이 술병을 보고 검문하러 올까 봐서다. 주머니에 권총이 있지만, 안전상의 이유로 쏠 수가 없다. 총소리가 들릴 테니까. 그게 총의 단점이고 칼이 더 나은 이유다. 하지만 살아 있는 것을 칼로 죽이는 건 쉽지 않다. 누구나 가능하면 피하고 싶어 할 것이다. 호수 위 하늘에 아직 해가 높이 떠 있었고, 나는 '결코 어두워지지 않겠어'라고 생각했다. 부러진 이처럼 울퉁불퉁한 구름 언덕이 호수 끝에 걸려 있고 그 위의 하늘은 더 환했고, 내 좀비는 기쁨일 거라는 예상과 달리 짐이었다. 와인 한 병을 다 마셨고, 운전석에서 졸았나 보았다. 내 목구멍에서 나는 요란한 소리에 놀라 잠에서 깨니, 여전히 환했고 태양은 아까 그 구름 언덕 위에서 빛났다. 앞이 안 보이는 자의 번들거리는 눈처럼. 미시건 호수의 물살은 더위 속에서 나른하게 찰싹거렸다. 주니는 그걸 '독성 물결'이라고 말했다. "우리가 자연에게 저지른 짓이야!"라고 말했다. '주니는 네 눈을 들여다보고 다 알아챌 거야. 너 어쩔래?' 나는 몸을 돌려 좌석 뒤 칸의 널빤지 가리개를 뚫어지게 보았다. 그게 거기 있었고, 뒤쪽에서는 소리가 나지 않았다. 한순간 거기 누가 있는지—어떤 표본이 있는지—기억나지 않았다. 세상의 모든 일은 그렇게 일어나고, 앞으로도 일어날 것이다. 그제야 수영장에서 밖으로 나오던 소년이 생각났다. 생기로 빛나던 그 아이가 떠오르자 다시 활력이 되살아나고 짜릿해졌다. 이제 그는 내 것이고 언제까지나 그럴 테니까. 아플 때나 건강할 때나 죽음이 갈라놓을 때까지. 그래서 시동을 켜고 피크닉 지역을 지나갔다. 사람이 얼마나 많던지! 가족들! 많은 아이들! 숯불에 고기 굽는 냄새. 천천히 공원을 지나니 이상한 생각이 떠올랐다. '그래, 하지만 지금이라도 그를 풀어줄 수 있어. 숲에 버리면 누군가 발견할 거야.' 그가 본 것은 **토드 커틀러이지** Q_P_가 아니니까. 하지만 그에게 성질이 났다. 항상 그들에게 화가 나서 벌주고 싶었다. 날 자극하고 몇 주 내내 머릿속을 헤집고 다니고. 험프티덤프티에서는 내가 앉은 자리에 아무도 없는 것처럼 눈길을 비끼고, 보조개가 파이는 미소와 초록색 눈으로 날 도발했겠지. 남쪽으로 호수를 따라 달려 마운트 버넌으로 접어든 후부터 경계심이 들기 시작해서 뉴스를 들으려고 라디오를 켰다. 오후 여덟시 팔분이니 지금쯤 다람쥐를 찾고 있을 것이다. 경찰에 신고했을까? 수색이 시작되어 도로가 차단되었을까? 뉴스에서는 그런 얘기가 없었다. 하지만 트릭일지도 모르는 일이었다. 난 깜깜한 밤까지는 집에 돌아갈 수가 없었다. "거기가 네가 모든 계획을 망치는 대목이야, 쿠엔틴." 아버지가 조롱

하는 소리가 귀에 쟁쟁했지만 그를 탓하지는 않았다. 그래서 갑자기 차를 돌려 도시의 북쪽으로 가기로 했다. 31번 도로는 손바닥 보듯 훤한 길이었다. 그래서 홀랜드를 지나고 머스키건을 지나고, 아홉시 이십분경 어둠 속에서 나는 루딩턴 너머에 있었다. 매니스티 숲속에 들어섰고, 내가 옳은 결정을 내렸다는 걸 알고 기분이 좋아졌다. 아버지의 변호사에게 말한 것은 사실이 아니었다. 마운트 버넌 경찰이 노스 처치 가를 순찰하고 날 괴롭힌다는 것 말이지. 그런데 이제 보니 틀림없이 그렇고 내가 그걸 모른 것 같았다. 데일 스프링스에서 다람쥐가 실종되었으니 경찰은 근방의 '성범죄자'를 예의 주시할 것이다. 몇 명이나 될까? 수십 명? 백 명? Q__ P__는 컴퓨터상에 그들과 나란히 있었다. 그러니 마운트 버넌을 피하는 것이 현명한 처사였고, 나는 숲길 한쪽에 주차하고 차의 뒤 칸으로 가서 불을 켰다. 오줌 냄새가 코를 찔렀고 나를 흥분시켰다. 그 몸이, 바닥에 등을 대고 누운 소년이 눈에 들어왔다. 머리는 마대 자루 속에 있고, 반쯤 벌거벗은 몸. 앙상한 갈비뼈를 움직이며 여전히 숨을 쉬고 있었다! 아직 살아 있었다. 내가 그의 목에 있는 뭔가를 부순 것 같았다. 기관지인가? 후두인가? 그를 테이프로 감고 줄로 묶었다. 어린아이가 누군가를 휘휘 묶듯이. "이봐, 어이." 내가 말했다. 옆에 쭈그리고 앉아서 건드리고 매만지고 쓰다듬었지만 작은 고추는 죽은 것처럼 늘어졌고 차가웠다. 그에게 생명을 불어넣으려고 성기를 꽉 쥐자, 그의 근육이 씰룩거렸다. 그는 스펀지를 문 채 비명을 지르는 것 같았다. 마대 자루를 홱 벗기니 거기 그의 얼굴이 드러났다. 그런데 그의 얼굴이 달라졌다. 이제 그다지 잘생긴 얼굴이 아니었다. 얼굴의 아랫부분은 테이프로 봉해졌지만 눈은 번쩍 떴다. "이제 내 진짜 얼굴을 봐. 이제 네 주인님을 알라고." 에비앙을 뿌리자 그의 눈에 초점이 생겼고, 나는 공포에 질린 그 눈빛을 보았다. "나는 해치지 않을 거야, 난 네 친구야. 내게 대들지 마." 부드럽고 달래는 목소리. 하지만 그는 듣는 것 같지 않다. 눈에는 공포가 어려 있고, 몸은 긴장해서 막대기처럼 뻣뻣하다. 콧구멍에 피가 말라붙은 못생긴 아이. 난 점점 그에게 부아가 치밀었다. 그의 성기는 아주 작게, 열 살짜리의 고추처럼 쪼그라들었다. 그 눈빛, 머리를 젖히면서 다시 내게 대들다니! 뭉개진 벌레처럼 약한 것이 내게 대들다니. 내 좀비가. 내게 대들다니. 그 순간 나는 자제력을 잃고, 그를 엎드리게 해서 올라타 앉았다. 돼지꼬리 같은 머리를 움켜쥐고 그의 얼굴을 바닥에 쾅쾅 찧었다. 내 성기가 너무 커서 살갗이 찢어지고 피가 났다. 한 번, 두 번, 세 번. 그의 창자 속으로 칼처럼 몸을 밀어 넣었다. "누가 네 주인이야? 누가 네 주인이냐고? 누가 네 주인님이냐고?"

47

뼈는 물에 뜰까?
그렇다 해도 살이 붙어 있지 않으면 뼈들은 흩어진다.
그래서 서로를 잃게 되면 거기에 어떤 정체성이 있을까.
그 생각은 해본 적이 없다.

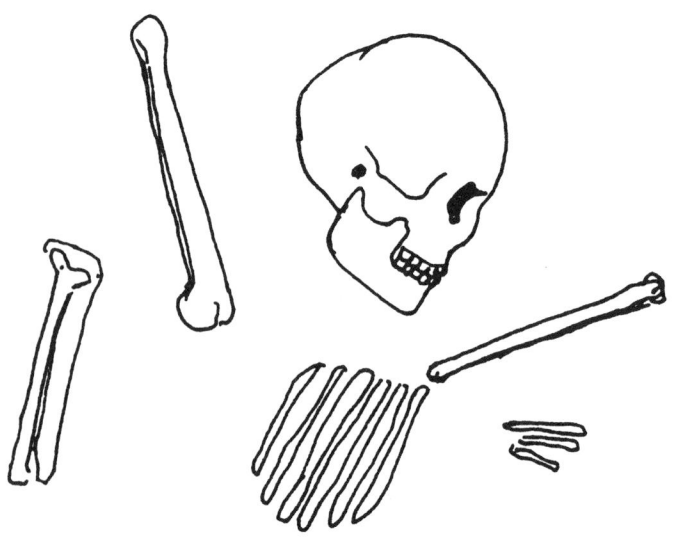

48

 8월 26일. 집에 돌아와서 샤워를 마친 뒤 관리인 업무를 시작하기 무섭게 현관문 두드리는 소리가 났다. 난 무슨 일인지 알았다.

 그 일과 관련된 뉴스를 듣지 못했다. 하긴 왜 Q__P__가 그걸 듣겠는가. 오전 일곱시 오십분이었다. 난 아무것도 몰랐다. 아무것도 알지 못했다. 하지만 막 면도를 했고, 숱이 없는 머리는 젖어서 머리통에 달라붙었다. 눈이 불그스름했지만, 투명한 뿔테 안경 뒤로 아무것도 감추지 않았다. 깨끗한 흰색 면 티셔츠와 낡은 면 작업복 바지를 입고 샌들을 신었다. (역시 무덥고 습한 하루가 될 터였다.) 현관문을 두드리는 소리가 났고, 경찰의 지직거리는 무전기 소리가 들렸다. 순찰차가 차도로 들어와 다지램 뒤에 멈추었다. 난 보지 않았지만 알았고, 현관문의 잠금 장치가 풀리고 문이 열리는 소리가 들렸다. 세입자 한 명이 나가는 길이었고, 거기 현관 앞 계단에 마운트 버넌 경관 두 명이 서 있었다. 그들은 Q__ P__가 이 집에 거주하는지 물었다. 나는 복도에 얼어붙은 채 섰고, 물탱크를 떠올렸다! '수술대'로 쓰는 식탁! 수술 도구! 갖추어둔 먹을 것과 담요, 전신 거울! 관리인 숙소에는 실패한 좀비들의 기념품인 폴라로이드 사진들이 있었다. 또 덩치의 기념품이 포름알데히드 병에 담겨 있고, 다른 물건들도 Q__ P__의 눈에는 다 보였다. 나는 신경 써서 최대한 완전하게 다지램을 닦아두었다. 동트기 전에 맨발로, 웃통을 벗고 미친 듯이 모든 증거를 씻어냈다. 차에는 핏자국은 거의 없고 오줌 얼룩과 오줌 냄새만 남아 있었다. 내 더러워진 옷가지와 가발 따위도. 난 빈틈없이 증거품들을 31번 도로상의 여러 곳에 버렸다. Q__ P__ 자신도 기억할 수가 없었고, 내 38구경 권총과 칼, 다람쥐의 유일한 기념품은 노스 처치 가 118번지에서 멀리 떨어진 곳에 안전하게 보관했다.

하지만 나가보지 않을 수가 없어서, "네, 제가 Q__ P__ 인데요"라고 말했다. 차분한 태도로, 궁금하다는 듯이 현관 밖의 경관들에게 다가갔다. 한 명은 제복을 입었고, 한 명은 양복에 넥타이 차림이었다. 그들은 내게 인사하더니 밖으로 나와달라고 청했다. 하지만 난 그러지 않았다. 그들에게 들어오라고 권하지도 않았다. 흑인 아이가 소리치며 거리로 달아난 후 체포되던 때와는 달랐으니까. 당시 경찰은 나를 승합차에서 끌어내려 땅에 얼굴을 처박게 하고 등 뒤로 손목에 수갑을 채웠다. 나는 아파서 비명을 질렀다. 하지만 지금은 실제 체포가 아니다. 그저 물어보러 온 것이다. 컴퓨터에 '성범죄자'의 이름이 많이 있을 테니까. 그들에게는 증거도 영장도 없다. 그런 게 있었다면 이미 수색에 착수했겠지. 아버지의 변호사가 내게 말했다. "그들을 집에 들이지 말아요. 자발적으로 그들을 따라 어디에도 가지 말아요. 그들이 계속 괴롭히면 나한테 전화해요. 밤이든 낮이든 아무 때나 전화해요." 경관들은 안으로 들어가도 되겠느냐고 물었고 나는 아니, 안 되겠다고 고개를 저었다. 그들은 다시 예의를 갖춰서 내게 밖으로 나오겠느냐고 물었고 나는 예의를 갖춰 이성적으로, 더듬거리지 않으려고 애쓰며 싫다고 말했다. 이 대답에 그들은 놀랐다. 시민을 겁주는 데 이골이 난 작자들이니까. 나는 그들에게 원하는 게 뭐냐고 물었고, 그들은 날 쳐다보았다. 둘 중 나이가 많은 양복 차림의 경관이 입술을 빨면서 "우리가 원하는 게 뭔지 알 텐데"라고 대꾸했다. 나는 아니, 모른다고 고개를 저었다. 나는 그의 눈을 똑바로 보려고 굳게 마음먹었고, 그의 눈빛에는 확신이 없었다. 다른 경관의 얼굴도 마찬가지였다. 이런 식으로 몇 분이 흘렀고, 내가 아는 것은 내가 알 뿐 그들은 몰랐고, 나는 시민의 권리에 대해 알았다. 보호관찰 대상자를 괴롭히는 경찰에게 고분고분 굴지 않을 작정이었다. 보호관찰 규칙을 위반한 것도 아니다. '게이'인 사실을 광고하지는 않을 테지만 그게 부끄럽지도 않다. 또 그것 때문에 죄진 것도 아니다. 마침내 그들은 전날 저녁 데일 스프링스에서 '소년' 하나가 '납치'되어 실종된 상태이며, 골목에서 그의 자전거가 발견됐다고 말했다. 내게 몇 가지 질문을 하고 싶을 뿐이라고, 내가 이 일에 대해 아는 바나 들어본 바가 있는지 따위를 여기나 관할 경찰서에서 묻고 싶다고 했다. 또 반대하지 않는다면 집 주위를 잠시 살펴보고 싶다고 말했고, 나는 고개를 저어서 거절했다. 경찰에게 어떤 종류의 불편한 일을 당하거나 또는 어떤 식으로든 괴롭힘을 받으면 연락하라는 조언을 변호사에게 받았다고. 지금 변호사에게 전화하고 싶다고.

침묵이 흘렀고 경관들은 서서 나를 빤히 쳐다보았다. 나는 한 발짝도 양보하지 않고 계속 현관 안쪽에 서 있었다.

경관이 말했다. "좋아요. 변호사에게 전화해요. 지금 당장 전화해요. 우린 여기 밖에 있을 테니."

그래서 아버지의 변호사의 집으로 전화했다. 나는 방금 당한 괴롭힘을 일러바치는 아이처럼 어리고 분한 목소리로 말했다. '납치'에 대해서는 전혀 모르고 뉴스를 보지도 못했는데 그들이 날 체포할 수 있느냐고. 증거도 없이 체포할 수 있느냐고. 아버지의 변호사는 내 권리가 무엇인지 말하면서 날 달래려고 했다. 다만 주변을 떠나서는 안 된다고 일렀다. 그들은 수색영장을 기다리고 있는 것이 분명했다. 지금 내가 서 있는 곳에서, 두 경관과 제복을 입은 다른 경관 하나가 보였다. 다른 경관은 차도에서 햇빛을 받아 빛나는 다지램을 찬찬히 살피더니 뒷좌석을 들여다보았다. (나는 당연히 널빤지 가리개와 창문에 붙인 비닐을 치웠다.) 그는 무엇을 봤을까? 아무것도. 보일 게 아무것도 없었다. 하지만 그들은 감히 승합차로 들어가지는 못했다. 증거를 찾는다 하더라도 불법적으로 획득한 증거품이므로 쓸모없을 터였다.

아버지의 변호사는 당장 이리 오겠다면서, 더 이상 경찰과 아무 말도 하지 말라고 당부했다. 아무 해도 없는 정보라 해도 절대로 자발적으로 알려주지 말라고, 또 그들을 어디로도 들어가게 해서는 안 된다고 말했다. 나는 알았다고 말하고 전화를 끊었다. 내게 주어진 시간이 얼마나 될까! 저들이 언제 들이닥칠까! 먼저 한 일은 **이름 없는 사람**의 금니를 변기에 넣고 물을 내리는 일이었다. 내 주머니에서 나온 치아는 영원히 사라졌다. 다음에는 캐비닛에서 포름알데히드 병을 꺼내 옆의 부엌으로 갔다. 찻주전자가 끓기를 기다리는 세입자 둘에게 부엌을 훈증소독할 거라고, 미안하지만 그들의 안전을 위해 몇 분간 자리를 비켜줘야겠다고 말했다. 하지만 찻주전자는 스토브에 그대로 놔둬도 된다고 등등. 그래서 아크힐과 젊은 이집트인 화학과 학생이 밖으로 나갔고, 나는 덩치를 개수대에 넣었다.

칼로 찌르고 잘라 억지로 음식물 분쇄기에 밀어 넣고, 분쇄기를 '최강'으로 작동시켰다. 포름알데히드를 하수구에 버리자 눈이 따끔거리고 토할 것 같았다. 개수통에 더치 클렌저(분말 세제의 상표명—옮긴이)를 뿌리고, 철 수세미로 빡빡 문질렀다. 그다음에 독한 약품 냄새를 없애려고 드라노(하수구용 세제의 상표명—옮긴이)를 음식물 분쇄기에 쏟아 붓고 포름알데히드를 담았던 병에 넣었고, 효과가 있었던 것 같다. 다시 음식물 분쇄기를 작동해서 손 씻는 비누 조각을 갈았다. 모든 게 말끔히 정돈되었고, 깨끗한 냄새가 풍겼다. 찻주전자가 소리를 내면서 끓자, 스토브에서 주전자를 내린 다음 아크힐과 친구에게 들어오라고 소리쳤다. 훈증소독이 끝났으며, 이제 그들은 위험하지 않을 거라고. 그런 다음 다시 내 방으로 돌아가서 (여전히 차도에 있는 경관들이 보였다. 개자식들! 창밖에 대고 '개자식들! 날 괴롭히고 내 인생을 망치는 놈들!'이라고 소리치고 싶었다.) 다람쥐의 자전거 노선지도와 폴라로이드 사진들을 뜯어서 욕실 세면대에서 태우고 재를 하수구에 흘려보냈다. 다시 철 수세미로 세면대를 빡빡 닦은 다음, 아래층으로 내려가 지하실 옛 구역으로 가서 물탱크에서 식탁을 끌어내 새 구역으로 옮겼다. 그

위에 플라스틱 세탁 바구니와 대형 세제 통을 올려놓았다. 얼음송곳과 칼들은 부엌으로 갖고 가서 그런 도구를 모아둔 서랍에 넣었다. Q__ P__가 치과에서 훔친 뾰족한 은색 꼬챙이는 칫솔과 치실 등이 든 약장에 넣었다. 거기가 어울리는 자리였으니까. 난 그런 귀중한 도구를 잃어버리고 싶지 않았다. 다른 표본들이 기다리고 있다는 데 의심의 여지가 없었으니까. 난 저 개자식들에게 시달리고 겁먹어서 내 권리를 포기하지 않을 작정이었다. 붕대, 거즈 등은 식품실에 있는 물품장에 넣었고, 식품과 에비앙도 거기 넣었다. 거울은 지하실의 새 구역으로 옮겨서 낡은 가구류와 함께 구석에 세워두었다. 거울에 Q__ P__의 번들거리고 시무룩한 얼굴, 벗어지는 망할 놈의 머리가 비쳤다. 안경에 빛이 반사되었다. "책임감 있는 사람은 스스로 운을 만든단다." 하지만 난 심사가 뒤틀렸다.

어머니와 아버지가 북쪽에 가 있어서 다행이었다. 그들이 이 수치스런 일을 알면 모든 게 끝장일 터였다.

아버지의 변호사가 도착했고, 얼마 후 다른 경찰차도 왔다. 개자식들이 수색영장을 내밀자 막을 수 없었다. 두 명은 다지램부터 뒤지기 시작했고—열쇠를 넘기지 않을 수가 없었다—나머지 경관들은 집을 맡았다. 변호사는 이곳이 임대용 주택이니 수색을 특정 지역에 국한해야 된다고 요구했다. 세입자들의 방은 사적인 영역이니 수색한다고 뒤져서는 안 된다고. 그래서 그들은 관리인 숙소를 뒤져 엉망으로 만들었고, 지하실과 다락 전체, 아래층 방들과 옷장 등을 들쑤셨지만 아무것도 못 찾았다. **찾아낼 만한 게 없었으니까.**

   그날 나는 실종된 소년에 대해 심문도 받았다. 제임스인가 '제이미' 월드런이라는 내게는 생소하고 모르는 이름이었다. 당연히 아버지의 변호사가 입회해서 내 권리를 보호해주었다. Q__ P__는 그 소년에 대해 아는 게 없었기 때문에 몇 가지 사실을 반복해서 말하는 수밖에 없었다. 오후 다섯시부터 일곱시까지 할머니 집에서 정원 손질을 했고, 그 후에는 바람이나 쐬려고 차를 몰고 서밋 파크에 갔다고 말했다. 근처 맥도널드에서 요기를 한 다음—얼른 머리를 돌렸는데, 그들이 새 다지램의 주행거리계를 확인해서 몇 킬로미터를 주행했는지 조사하리란 생각이 들었다—더위를 식히려고 한참 동안 호숫가를 달리다가 유니버시티 하이츠로 돌아왔다고 말했다. 이즈음 아버지의 변호사가 할머니와 새치 부인에게 연락해 내가 그 시간에 할머니 집에 있었는지 확인했다. 두 사람 다 맞는 말이라고 단언했다. 할머니는 손자가 세상에서 가장 친절하고 배려심 많은 청년이라고 말했다. 내가 그녀를 자주 찾아가며, 할머니뿐 아니라 할머니 친구들의 부탁까지 들어준다고 말했다. 소년이 납치된 시간은 오후 여섯시부터 집에서 1.6킬로미터 거리의 골목에서 자전거가 발견된 여섯시 사십분 사이이므로, 어떤 식으로든 Q__ P__가 관련되었을 리가 없었다.

골목에 있는 병아리 떼 역시 미스터리였다. 인근 주민들 모두 병아리에 대해 몰랐고, 주인도 없었다. 전에 그런 곳에서 병아리를 본 사람도 없었다. 근처에는 닭도 없었다. 수사관은 이 사실에 대해 묘하다는 듯이 말했다. 병아리 서른여섯 마리가 골목에 흩어져 흙을 쪼고 있고, 실종된 소년의 비싼 자전거가 받침대로 고정된 채 근처에 세워져 있었다고. 소년이 자전거를 타다 끌어내려진 게 아니라 납치범이었든 누구였든 그와 기꺼이 동행했다는 뜻이라고. 실종된 소년과 병아리 떼가 무슨 상관이 있을 수 있을까! "혹은 아무 관계도 없을까요, 전혀?" Q__ P__는 말없이 앉아 얼굴만 찌푸릴 뿐 아무 말도 하지 않았다. 그는 아는 게 없으니까. 변호사가 의심스럽다는 듯이 말했다. "어쩌면 소년이 장난치는 것일 뿐 실종이 아닐지도 모릅니다. 아이 장난질 같은 거 말입니다."

양복과 넥타이 차림의 수사관은 입술을 빨고 나서 말했다. "만약 그렇다 해도 그리 재미있는 장난은 아니지요, 안 그렇습니까?"

경관들이 위층과 아래층 수색을 끝내고 밖으로 나갔다. 오후 열두시 사십분이었다. 나는 아침 여섯시 이후로 아무것도 먹지 않았다. 시리얼은 매니스티 숲에서 31번 도로를 타고 집으로 오는 길에 더럽게 미지근한 에비앙에 씻겨 내려갔다. 좁고 깊고 물살이 빠른 이름 없는 강. 그 밑바닥에 내가 망친 좀비 다람쥐가 알몸으로 누워 있다. 목덜미의 베인 상처로 물이 들어가고, 피 섞인 물이 영원 속으로 흘러 들어 들킬 수가 없다. 마른 몸은 돌덩이들과 함께 마대 자루에 담겼으니 떠오르지 않으리라. 뼈들이 살점에서, 그의 '정체성'에서 빠져나와 흩어질 때가 되면 모를까. 두개골과 치아로 신원이 확인된다고 하지만 두개골이 물에 뜰까? 두개골은 무게 때문에 뜰 수 없을 것 같다.

스펀지 재갈과 턱을 두른 테이프는 그곳에 두고 왔다. 마지막엔 서둘러 움직였다.

수사관은 고맙다며 지금은 가보겠다고 말했다. 비꼬는 게 아니라 지친 것 같았다. 그가 차도로 나가 더 젊은 제복 경관과 대화를 나누었다. 이런 일이 계속되면 "괴롭힘 죄로 경찰을 고소하겠다"는 변호사의 말을 막으면서 내가 말했다.

"아마도 저들에게 말, 말했을 것 같은데요."

"뭐라고?"

"경찰에게요. 아마도 결국엔 저들에게 말했을 것 같다고요."

나는 침을 꿀꺽 삼켰다. 목이 너무 건조했다. 아버지의 변호사와 눈을 맞출 수가 없었다. 내가 덧붙였다.

"일, 일 분만, 혼자였더라면."

변호사는 Q__ P__를 난생처음 본다는 듯 바라보았고, 마음에 들지 않는 눈치였다. 전구처럼 생긴 머리통은 창백했고, 머리칼은 없다시피 했다. 곱슬머리가 조금 남아 있었다. 그는 아버지와 동년배였고, 아버지의 젊은 시절 친구와 친구 사이였다. 변호사가 말했다.

"자네 제정신인가? 절대 안 될 일일세."
"알겠어요."
내가 말했다.

49

　노동절. 그리고 며칠 후. 주니가 전화해서 자동응답기에 메시지를 남겼다. 조간신문을 봤느냐고. M__ K__박사의 소식이 얼마나 충격적이냐고.

　"아버지한테 엄청 충격이었을 거야"라고 주니가 말했다.

　며칠 동안 그 메시지를 들을 여유가 없었고, 들었을 때는 이미 그날 신문을 치워버린 뒤였다. 그게 며칠이었는지조차 확실히 몰랐고.

50

 노동절. 대학에서는 가을학기가 시작됐고, 우리 세입자 아홉 중 다섯이 새로 온 사람들이었다. 모두 외국 유학생들이다. 주로 과학을 전공하는 대학원생들. 인도, 중국, 파키스탄, 자이레, 이집트, 서인도제도 출신들이다. 아버지는 최상의 세입자들이라고 말했고, 과연 맞는 말이다. 다 피부가 검고 예의 바르고 수줍고, 조심스럽게 영어를 쓴다. 나는 관리인 Q__ P__고 그들에게 그렇게 소개했다.

 닥터 E__가 처방해주는 약을 다시 복용하고 있다. 하루 세 번 식후에 먹고, 잠자는 데 도움이 필요할 때도 먹는다.

신경안정제 리튬을 복용할 때는 알코올을 삼가야 되지만 그건 내게 문제가 되지 않는다. 닥터 E__가 말하는 대로 '정서적 안정을 유지'하는 게 목적이니까.

최근에는 기분이 저조하다. **제로지점** 등등 이후에 그렇다. 낙심천만. 하지만 그 생각은 하지 않는다. 진정제가 도움이 된다. 그러라고 먹는 거니까. 또 아버지나 할머니나 남을 탓해봤자 소용없다. (할머니네 정원 관리와 할머니를 태워다주는 택시 기사 노릇은 무기한 중단했다. 망할 놈의 손자 노릇. 그러느라 곤란한 일만 겪었다.)

서인도제도 출신의 장폴. 흰 셔츠, 아프로 머리(흑인의 곱슬머리를 부풀린 헤어스타일—옮긴이), 반바지, 샌들. 검붉은 근육질 장딴지. 버거킹에서 그가 Q__ P__에게 다가와 인사한다, 무척 친절하게. 장학금을 받는 경제학과 대학원생이다. 워낙 민첩하고 다정해서 나는 **눈맞춤** 하지 않을 수가 없다. 하지만 다시는 그런 일이 없을 것이다.

이 지붕 밑에 사는 누구와도 마찬가지다. 난 그런 생각은 하지 않는다.

51

 월요일 오후 네시—네시 오십분. 캠퍼스 끝에 있는 마운트 버넌 종합병원. 날씨가 좋은 날은 걷고, 날씨가 나쁜 날은 차를 몰고 간다. 닥터 E__가 말한다. "그래요, 쿠엔틴. 이렇게 상쾌한 가을 공기는 약이죠, 안 그렇습니까? 길고 더운 여름을 보냈으니."

 이 말에는 두 가지 의미가 있는 것 같다. Q__ P__가 마운트 버넌 경찰에게 괴롭힘과 수모를 당한 여름. 하지만 나는 미소 지으면서 "네, 선생님" "그렇죠, 선생님"이라고 맞장구친다. 앉아서 미소 짓고. 머리를 자르고 가르마를 다르게 탔다. 아버지의 변호사는 미시건 교정국에 보고서 열람을 요구했다. 덕분에 닥터 E__가 환자 Q__ P__의 예후가 '대단히 양호'하며 '분명한 진전을 보인다'고 보고했다는 게 밝혀졌다.

그래도 닥터 E__의 진료실에 있는 건 어색하다. 나는 그와 책상을 사이에 두고 앉아 바닥을 내려다본다. 혹은 빡빡 씻은 손을 물끄러미 본다. 왼 손목에 건포도 눈의 시계를 차고 있다. 감춘 시계에서 번뜩이는 황동색 숫자를 본다. 오른 손목에는 다람쥐의 유일한 기념품을 차고 있다.

닥터 E__는 오늘 말할 만한 꿈 이야기가 있는지 묻는다. 그의 뒤편 창문에서 나뭇잎들이 펄럭이고 하늘은 일찌감치 어두워진다. 나는 앉아서 얼굴을 찌푸리고, 이마와 윗입술에 번들번들 땀이 맺힌다. 긴 침묵이 흐른다. 그러다가 내가 말한다. "물속에 있는 꿈이요." 그러자 닥터 E__는 "그래요? 어떤 상태인데요?"라고 말한다. 나는 더 이상 생각해낼 수가 없고, 그는 어린아이에게 말하라고 시키듯 부추긴다. "물속에서 수영하는 중인가요, 쿠엔틴?" 나는 고개를 저으면서 "아닌 것 같습니다. 그냥 물속에 있고, 물이 나를 숨겨주고 나를 데리고 가주는 것 같아요." 닥터 E__

는 "꿈속에서 어떤 일이 벌어지나요, 쿠엔틴?"이라고 묻고, 나는 "모르겠어요. 그냥 거기 있어요"라고 말한다.

닥터 E__의 진료실에는 평화로움도 있다. 거기서 편안함을 얻을 수 있다. 아버지와 어머니는 아들의 '예후'에 만족해서, 내가 보호관찰이 끝난 후에도 닥터 E__에게 계속 치료받기를 바란다. 주니 역시 그 고집스런 말투로 "쿠엔틴은 확실히 좋아지고 있어"라고 말했다.

마침내 네시 사십구분이다. 닥터 E__가 내 처방전을 쓴다. 물어볼 게 있느냐고 묻지만 나는 아무 생각도 할 수 없다. 감사합니다, 선생님. 면담은 끝난다.

52

일어난 일은 일어난 일이다. 시간이 시작된 후부터. 난 이 사실을 받아들인다.

격주 목요일 오전 열시, 보호관찰관 T__ 씨. 화요일 오후 일곱시—아홉시 삼십분, 닥터 B__ 집단치료. 월요일 목요일, 쓰레기 수거. 노란 플라스틱 쓰레기통을 인도에 내놓는다.

내 생활에 변화가 생겼다. 데일 공대에는 등록하지 않았고, 대학 사회교육원(마운트 버넌의 시내 캠퍼스)으로 옮겼다. 회계학 개론. 월요일 수요일 오후 일곱시—여덟시 이십분.

R__ P__가 교직원이어서 내 수업료는 겨우 200불이다. 수업료는 내가 낸다.

   3가에 차에 탄 채로 주문할 수 있는 맥도널드가 새로 생겼다. 노스 처치 가 118번지에서 겨우 두 블록 떨어진 곳이다. 진노란 깃발이 바람에 펄럭이고, 일찍 온 손님들에게는 **스페셜 빅맥 쿠폰**을 준다. 좌석에 여자와 앉은 장폴을 힐끗 본 것 같다. 옅은 색 피부다. 장폴은 짙은 황갈색이 도는 검은 피부인데. 하지만 난 분명히 보지 않았다. 난 남을 쳐다보지 않았고, 남의 눈에 띄지도 않았다.

53

 진정한 좀비는 영원히 내 것이 될 것이다. 그는 모든 명령과 변덕에 복종할 것이다. "네, 주인님" "알겠습니다, 주인님" 하면서. 내 앞에서 무릎을 꿇은 채 나를 올려다보며 말할 것이다. "사랑합니다, 주인님. 오직 주인님뿐입니다."

 그렇게 될 것이고 그런 존재일 것이다. 진정한 좀비는 '아니다'라는 말은 한마디도 할 수 없고 오직 '그렇다'라는 말만 할 수 있으니까. 그는 두 눈을 맑게 뜨고 있지만, 그 안에서 내다보는 것은 없고 그 뒤에서는 아무 생각도 없을 것이다. 어떠한 심판도 하지 않을 것이다.

내 좀비의 눈에는 공포란 없을 것이다. 기억도 없을 것이다. 기억이 없으면 공포 따윈 없을 테니까.

내 좀비는 심판을 하지 않을 것이다. 내 좀비는 "신이 주인님을 축복하시기를"이라고 말할 것이다. 내 좀비는 "주인님은 선하십니다. 주인님은 친절하시고 자비로우십니다"라고 말할 것이다. "퍼런 내장을 쏟아낼 때까지 마음껏 농락하십시오, 주인님"이라고 말할 것이다. 먹을 것을 애걸하고 숨 쉴 산소를 간구할 것이다. 언제나 공손할 것이다. 웃지도 히죽거리지도 못마땅해서 콧등을 찌푸리지도 않을 것이다. 시키는 대로 혀로 핥고 시키는 대로 입으로 빨 것이다. 시키는 대로 엉덩이를 갖다 댈 것이다. 시키는 대로 곰 인형처럼 폭 안길 것이다. 아기처럼 내 어깨에 머리를 기댈 것이다. 혹은 내가 아기처럼 그의 어깨에 머리를 기댈 것이다. 우리는 관리인 숙소의 침대에 한 이불을 덮고 누워 11월의 바람소리와 음악대학 종탑에서 울리는 종소리를 들을 것이다. 우리는 종소리를 세면서 같은 순간에 나란히 잠들 것이다.

54

 주니는 "아버지에게 그 이야기는 하지 마. 속상해하셔"라고 말했다.

 또 어머니는 이렇게 말했다. "네 아버지가 이십 년은 폭삭 늙어버린 것 같아! 하지만 아버지를 만나도 그런 내색은 하지 말거라."

 그 뉴스는 내게 그다지 중요해 보이지 않았다. 텔레비전에서 보거나 신문에서 읽는 대부분의 뉴스와 다를 게 없었다. 사실 그건 오래전의 뉴스였다. M__ K__박사는 이미 죽었기에 골치를 썩지 않았다. 노벨상 수상자, 1953~57년에 방사선 실험 주도한 사실 밝혀져. 나치 의사들에 비견될 만함.

나는 언론에서 백발인 M__ K__박사의 사진을 보고 '스캔들'이라는 것에 대해 읽었다. 그는 워싱턴 연구소 시절 아버지의 멘토였다. M__ K__박사는 원자력 위원회의 비밀 실험에 참가한 과학자 팀을 이끌었다. 어떤 실험에서는 메릴랜드 주 베데스다에 있는 학교에서 지적장애아 서른여섯 명에게 방사능에 오염된 우유를 먹였다. 다른 실험에서는 버지니아 주의 몇몇 대학에서 죄수의 고환을 '전리 방사선'에 노출시켰다. 왜 이 옛날 뉴스가 오랜 세월이 흐른 지금 나왔는지, 왜 사람들이 신경 쓰는 척했는지 모르겠다. 하지만 난 웃을 수밖에 없었다.

스캔들이 터졌을 때 아버지와 어머니는 다행히도 아직 매키낵 섬에 있었다. 신문사, 방송사, 피플, 타임 등이 시끄러웠다. 아버지는 의견을 구하며 인터뷰를 요청하는 난처한 전화를 피할 수 있었다. 나중에 그는 입장을 밝혔다. "사실을 알고 동의하지 않은 사람에게 실험을 하는 것은 비양심적 행위입니다. 하지만 나는 M__ K__박사를 알고 있고 그분이 그런 죄를 저질렀다는 것이 믿기지가 않습니다. 틀림없이 오해가 있을 것입니다. 개인적으로는, 돌아가신 분에게 이러는 건 너무 불공평하다고 생각합니다!" 아버지는 안경을 벗고 손으로 눈을 문질렀고, 똥구멍 같은 입은 고통으로 일그러졌다. "위대한 사람의 명성이 사후에 훼손당했는데, 그가 어떻게 자신을 변호할 수 있단 말입니까!"

이 일에 대해 나는 아버지에게 아무 말도 하지 않았고, 앞으로도 그럴 것이다. 우리 사이는 그럴 정도로 편하지 않다. 그래서 아버지도 월드런 씨네 아들이 실종됐을 때 경찰에게 받은 괴롭힘에 대해 내게 말하지 않는다.

하지만 아버지는 M__ K__ 박사와 같이 찍은 사진이 든 액자를 연구실과 집에서 치웠다. 할머니가 식당 벽에 여전히 그 사진을 걸어두고 있는지는 모르겠다. 난 이제 할머니 집에 가지 않는다. 가끔 어머니에게 돈 빌리러 갈 때가 아니면 데일 스프링스에도 얼씬하지 않는다.

55

하루는 길고 지금까지 쭉 그래왔다. 제로지점 이후로. 나는 건물 관리인으로 집에 틀어박혀 지낸다. 아버지와 어머니가 나를 믿어주는 만큼. 다만 어떤 주말에는 다지램을 몰고 (도로에 착 달라붙는 것이 어찌나 당당해 보이는지!) I-96번 도로를 달려 디트로이트로 간다. 한번은 이리 호를 따라 한 번도 안 가본 톨레도까지 갔다. 10월에는 마운트 버넌보다 캠퍼스가 훨씬 큰 앤아버에 가서 '동성애자 페스티벌'을 구경했다. I-94번 도로를 타고 새벽 일찍 돌아오는데, 하늘에 묘한 장밋빛이 도는 회색 주름이 잡히면서 동이 텄다. '도로 공사 중 1차선 시속 65킬로미터'라는 밝은 주황색 표지판들이 있었지만, 이른 새벽이고 도로가 한적해서 내달렸다. 아스팔트에서 심장박동 같은 쿵 쿵 쿵 소리가 났다. 다지램과 Q__P__의 심장박동이 하나가 된 것 같고, 난 행복한 것도 같고 아무튼 평화롭다. 가끔 히치하이커들이 있다. 원치 않았지만 우리의 눈이 마주쳤고, 약에 취한 그는 성욕이 솟구쳐 종마처럼 씩씩댔다. 그래서 휴게소의 지저분한 화장실에서 절정에 달했고 뜨거운 용암 같은 것이 나왔다. 11월에 다시 안절부절못하는 기분으로 승합차를 몰고 31번 도로를 타고 북쪽으로 올라가 매니스티 숲에 갔다. 눈이 내렸고 그래서 풍경이 바뀌었다. 새로운 곳, 방향조차 잡을 수 없는 곳 같았다. 다람쥐를 데려갔던 도로를 찾을 수 없었고 그러니 강도 못 찾았다. 빙 도는데 머리끝까지 짜증이 났다. 동쪽을 서쪽으로 착각하다니. (하지만 곧게 뻗은 도로는 없다.) 결국 숲의 반대편 끄트머리인 빅래피즈에서 끝났다. 닥터 E__가 처방해준 약을 거의 매일 복용한다. 식후 한 알씩 하루에 세 알을 먹는다. 약 때문에 가끔 말이 어눌해지고 졸음이 쏟아진다. 회계학 개론 시간에는 강의실 맨 뒤에 앉는다. 하지만 기분은 괜찮아서 화가 나지 않고, 눈맞춤 때문에 걱정하지도 않는다. 그것이 우연이고 (내 쪽에서) 의도한 게 아니라면. 예를 들어 아크힐은 내 방에 와서 이렇게 말한다. "실례합니다만 위층 변기에 문제가 있는 것 같은데요."

새로 이사 온 장폴은 언제나 질문을 한다. 예를 들자면, 지하실에 세탁기와 건조기가 있는지 묻는다. 지하실은 세입자 출입 금지 구역이지만, 어느 날 난 그에게 세탁기를 써도 좋다고 허락했다. 다만 다른 세입자들에게는 말하지 않고, 세탁기를 사용하는 과정에서 관리인이 돕는다는 조건을 내걸었다. "저는 여자들이 빨래해주는 것에 익숙하거든요"라고 말하며 장폴은 웃음을 터뜨렸다.

밤에도 거의 외출하지 않는다. 그럴 형편이 못 된다. 어머니 아버지에게 구걸하다시피 돈을 얻어 쓴다. 버거킹, 타코벨 등에서 식사를 하고 여섯 캔들이 맥주를 사 와서 먹으며 포르노비디오를 본다. 혹은 텔레비전의 채널을 죽 돌린다. 한 채널을 이십 초, 아니 십 초도 보기 어렵다. 가을에는 실종된 제이미의 부모인 월드런 씨 부부가 미시건 텔레비전에 나왔다. 제이미의 사진과 집에서 찍은 비디오가 방송에 나왔다. 미소 지으면서 내게 손을 흔드는 다람쥐. 학교에서 농구를 하는 다람쥐, 트로피를 받은 다람쥐. "어떤 정보라도 아시는 분은 'JAMIE'(미국은 전화기 숫자판에 알파벳이 적혀 있다—옮긴이)로 전화해주세요. 제이미를 찾을 수 있는 정보를 주시는 분에게 5만 달러를 드립니다"라는 안내 방송이 나왔다. 월드런 부부는 언제나 같은 말을 했다. "우리 아들이 여전히 살아 있으리라 믿습니다. 그 아이를 다시 만나리라 믿습니다." 이제 월드런 부인은 울고 월드런 씨는 울지 않으려 애쓴다. 나는 울화통이 터져 큰 소리로 말한다. "살아 있다니 뭔 소리야? 왜 그가 살아 있다는 거지? 도대체 왜 그가 살아 있다는 거야? 병신들, 이제 똑똑히 알라고." 못마땅해서 채널을 돌려버린다.

11월, 추수감사절 무렵, 지역 방송에서 예상치 못한 뉴스가 나왔다. 누군가 시카고에서 히치하이킹 하는 실종자를 목격했다는 내용이었다. 하지만 내가 아는 한 그 소식은 더 이상 들리지 않았다.

56

주니는 평생 누나 노릇을 톡톡히 해왔다. 나보다 다섯 살 많고 키와 몸무게도 그 정도쯤 크고 무겁다. 대학 때는 올림픽 팀 수영 선수가 될 뻔했고, 여자 라크로스(하키 비슷한 구기—옮긴이)의 스타였다. 지금은 데일 스프링스 중학교의 교장이다.

주니는 늘 동생 Q__ P__에게 관심을 가졌다. 그녀에게는 유일한 형제다. 고교 시절 나는 정서적인 문제를 겪었고, 이스턴 미시건 대학에 입학해서는 낙오했다. 그녀는 대학 공부가 모두에게 맞는 것은 아니라면서 내게 대학에 돌아가지 말고 부동산을 공부하라고 했다. 복학하라고 늘 안달복달하는 아버지하곤 달랐다. 그녀는 쿠엔틴이 "마음이 가벼워지기만 하면" 뛰어난 영업 사원이 될 수 있다고 말했다.

그녀는 전화기에 "회계학도 좋은 생각이야, 쿠엔틴. 아버지의 아이디어들보다 훨씬 현실적이라니까"라는 메시지도 남겼다.

어머니 아버지는 주니를 자랑스러워한다. 반장을 하고 스타 운동선수였던 고교 때부터 쭉 그랬다. 주니는 1976년에 5등으로 고교를 졸업한 뒤에 미시건 주립대 사범대에서 장학금을 받고 공부했다. 랜싱이나 마운트 버넌 같은 이삼류 캠퍼스가 아닌 앤아버 캠퍼스 학생이었다. 대학 시절 공부를 아주 잘했고, 지금은 교장으로 다른 곳으로 이직할 야망이 있으며 앤아버에서 여름 '세미나' 등의 과정을 밟고 있다. 주니는 사교적이어서 같이 하이킹이나 스키를 타러 다니는 부류의 친구가 많다. 그녀가 그라프샤프라는 교외 지역의 호숫가에 있는 집을 사자 어머니는 "이제 주니가 결혼할 생각이 없나 봐"라고 걱정했다. 주니는 남동생 Q__ P__에게 꼭지가 돌게 화가 나서 한동안 말을 섞지 않기도 했다. 한번은 (내가 취했거나 아무튼 백 퍼센트 정신을 차리지 못한 상태로 가죽 옷을 입고 머리를 묶었을 때) 길에서 마주쳤는데 알은체도 하지 않았다. 하지만 내가 체포되고 집행유예 이 년을 받아 부모님을 몹시 속상하게 만들자, 주니는 다시 누나의 자리로 돌아왔다. 성범죄자를 동생으로 둔 것이 그녀에게는 난관이었다. 그녀는 난관 앞에서 물러서는 사람이 아니었다. 나를 어른에게 인정받아야 되는 문제 학생처럼 대한다. "쿠엔틴, 네가 그렇게 의기소침하지만 않으면 넌 정말 멋진 남자라고. 반듯하게 서봐. 그 머리랑 옷차림 좀 어떻게 할 수 없니?"라고 말하면서 날 놀려도 되는 사람으로 대한다.

크리스마스 이 주일 전, 그녀가 나를 저녁 식사에 초대했다. 전에 만났던 듯한 그녀의 친구 몇 명이 모였다. 주니의 선생 친구들은 다 똑같이 생기고 말도 똑같이 한다. 주니의 학교에 루실이라는 교사가 새로 들어왔다. 타이어 휠캡만 한 가슴을 가진 뚱뚱한 여자인데, 동그란 웃는 얼굴에 주니처럼 넉넉한 '인품'을 지녔다. 8학년 담임이다. 남자처럼 악수한다.

식탁에 앉아서 저녁을 먹는다. 주니가 만든 푸짐한 해산

물 파에야와 화이트 와인이다. 나는 다지랩을 몰고 약간 늦게 도착했다. 가는 길에 술을 마시고 진정제를 먹어서 기분이 나른했고, 머릿속에서 전화 발신음 같은 소리가 났다. 그래서 사람들의 말을 듣지 않으면서 듣고 있는 것 같은 표정을 지었다. 주니, 루실, 참석자들은 미시건 주와 워싱턴의 정치, 클린턴의 건강보험 정책 등에 대해 열띠게 대화한다. 왜소하지만 확신에 차서 말하는 한 남자는 건강보험이 우리 시대의 최고 이슈라고 말하고, 현재 우리나라는 문명국이 아니라고 말한다. 다른 사람은 범죄가 최고 이슈이며, 미국인들은 희생당할까 봐 두려워서 위험한 우익의 편집증적 정치에 영향을 쉽게 받는다고 말한다. 거기서부터 총기소지 제한과 낙태가 나온다고. 난 괜찮다. 와인을 마시면서 내 지하실과 물탱크를 떠올릴 수 있다. 난 경찰들에게 시달리기 이전의 상태로 복구해놓았다. 식탁을 다시 물탱크에 넣었고, 긴 전선과 150와트짜리 전구, 붕대, 거즈 따위도 갖추었다. 얼음송곳, 치과용 꼬챙이, 칼 등도. 그리고 계획이 세워지기를 기다리고, 꿈과 같이 계획이 세워지리란 걸 알기에 흥분한다. "이 지붕 아래엔 재료가 없어. 그건 금기야." 다만 방학이 시작되거나 세입자

한 명이 영구 귀국하는 경우는 다르겠지. 인도, 자이레, 서인도제도로. 그렇지? 그는 짐을 모두 챙기고 방을 비울 것이다. 그러면 관리인 Q__ P__가 나서서 공항에 태워다준다고 말한다. 칼라마주가 아니라 랜싱으로 가야겠지, 국제공항이니까. 그렇지? 그건 바람직하고 친절한 처사다. 집에 있는 세입자들이나 학교 사람들은 그가 떠난 줄 안다. 미국을 떠났다고 알고 더 이상 그를 생각하지 않는다. 그는 역사가 되어버린다. 공항으로 가는 길에 Q˙ P__는 그에게 마실 것과 먹을 것을 주고, 그는 곯아떨어진다. 승합차 뒤 칸은 다시 승객을 태울 준비가 되어 있고, 그건 멋진 일이다. 어두워지면 우리는 노스 처치 가 118번지로 돌아오고, 한밤중이라 다들 자고 있을 것이다. Q__ P__는 그의 좀비를 지하실로 옮기고 문을 걸어 잠근다. 수술대 위에서 첫 번째 절차를 준비한다. 이번에는 경안 뇌엽 절제술이 아니라 성대의 '절개'. 그러니 좀비가 괜찮든 아니든 적어도 소리를 내진 않을 테고, 그 점에서는 믿을 만하다. 나는 생물학 도서관에서 가져온 후두인가 뭔가가 그려진 그림을 꺼낼 것이다. 혹시 면도날을 쓴다면. 가벼운 손놀림. "느낄 수 있어요. 말할 때 만져보면 성대가 떨리거든요."

주니와 친구들은 이제 종교 이야기를 하는 듯하고, 한 사람은 종교가 전제군주이며 기만이라고 말한다. 인류의 잔혹사 중 많은 부분이 종교 때문이라고. 루실은 발끈해서 열을 올리며 말한다. 종교가 아니라 권력, 정치권력이 그런 것이고, 종교는 영적이고 내면적인 것이라고. 주니가 동의하더니 흥분하면서 우리는 외적인 것과 종교적인 것, 내적인 것과 영적인 것 사이에서 갈등하며, 다가올 새천년엔 호모사피엔스의 구원이 있을 거라고 말한다. 나는 말을 들으면서 그들을 지켜본다. 누나와 루실. 한 가지 생각이 난다. 가슴을 도려내면 여자는 남자와 별반 다를 게 없겠지. 남자가 성기를 자르면 여자와 크게 다르지 않을 것처럼. 가슴은 주로 지방이다. 뼈는 없나? 루실은 내가 쳐다보는 걸 알고 보통 여자들처럼 얼굴을 붉힌다. 내가 충동적으로 손목 밴드를 빙빙 돌리는 것을 보고는 그게 뭐냐고 묻는다. 다람쥐의 기념품이다. 그의 돼지꼬리에서 뽑은 갈색 나는 금발과 내 머리카락 몇 올을 가죽 끈과 붉은 실로 엮어 만든 팔찌다.

그래서 나는 이렇게 말한다.

"인디언 물건이에요. 치페와 부족이요. 인디언 거주지에서 샀어요."

루실이 팔찌를 만지면서 말한다.

"독특하네요. 상징적인 의미라도 있나요? 치페와 부족의 풍습 같은 건가?"

내가 말한다.

"그런 것 같아요. 잘 모르겠어요."

주니가 놀리듯 끼어든다. 누나는 손을 뻗어 내 손을 잡으며 말한다.

"쿠엔틴은 히피 같은 데가 있거든. 삼십 년 늦게 태어난 거지."

루실은 미소 지으면서 대답한다.

"히피라기에는 머리가 너무 짧은데요."

주니가 말한다.
"하지만 예전엔 안 그랬어."

57

어머니가 전화해서 메시지를 남겼다. 자동응답기 테이프가 망가져서 메시지 대부분이 지워졌다. 아마 크리스마스 저녁 식사에 오겠느냐는 얘기겠지.

| 옮긴이의 말 |

대학에서 영문학을 전공할 때는 주로 고전 영문학 작품들을 접했다. 하지만 번역 작가가 된 후 이런저런 고전 작품들을 다루기는 했지만, 주로 다양한 장르의 대중소설을 작업했다. 그동안 여러 소설을 번역했지만 번역자로서 독자로서 나름의 취향과 편견이 강했다. 마니아 독자층이 형성된 하드코어적인 소설과는 좀처럼 친해지지 않았다, 아니 친해지고 싶지 않았다는 표현이 맞다. 인간의 악한 면모를 다루는 소설도 버거웠다. 사건이 앞을 막아 인간의 심연에 들어가기 힘들었다. 그동안 주로 작업한 책들의 분

위기를 잘 아는 편집자 기획자들은 내게 그런 장르의 작품을 의뢰하지 않았고, 그러다 보니 거리감을 좁힐 기회가 좀처럼 없었다.

그 때문에 오츠의 『좀비』를 두고 편집자는 대단히 조심스럽게 얘기를 꺼내며 책을 보여주었다. 난 조이스 캐럴 오츠가 해마다 노벨상 후보로 거론되며 대단히 폭넓은 독자층을 거느린 뛰어난 작가로 꼽힌다는 사실을 알았다. 또 오츠가 현대사회의 폭력성과 악을 그린 하드코어적인 작품들을 쓴다는 사실도 알았다. 내 취향과 별개로 내 어머니와 동갑인 여자 작가가 보는 세상과 인간은 어떤 모습인지 궁금한 생각이 들었다. 이쯤에서 오래 한자리에 머물러 있던 취향이라는 것의 틀을 깨고 싶은 마음도 들었다.

처음 작업을 시작했을 때는 아찔함과 충격이 있었지만, 마지막 57장을 다 끝내고 덮었을 때는 인간에게 깃든 악, 그것에 대한 연민이 슬프게도 밀려왔다. 내보이고 싶지 않고, 알고 싶지도 않은 밑바닥에 감추어진 인간의 모습을 처음으로 꺼내본 기분이랄까.

이 소설은 마음대로 조정할 수 있는 좀비 노예를 갖고 싶었던 서른한 살 백인 남자 쿠엔틴의 이야기다. 오츠는 희대의 연쇄 살인범의 이야기를 토대로 이 소설을 썼다. 전형적인 미 중산층에서 나고 자란 쿠엔틴은 좀비를 갖기 위해 전두엽 절제술이란 것을 한다. 화자인 그는 남자들을 납치해 수술하고, 실패해 죽이고를 반복하면서 그 과정을 자신의 일상을 일기에 적듯 담담하게 서술한다. 작가 오츠는 쿠엔틴을 통해 강한 고립감과 강박관념 속에서 살다가 통제할 수 없는 더 큰 힘에 이끌려 파멸로 치닫는 미국인을 그린다. 일상적인 삶과 폭력이 공존하는 풍경이 너무도 담담한 나머지 섬뜩하게 느껴지고 그녀의 건조한 문체는 그것을 더욱더 공포로 몰고 간다. 주인공을 통해 누구나 가지고 있는 잔학성에 대해 생각해보았다. 인간이 내려갈 수 있는 깊고 깊은 구멍의 밑바닥에 대해서도 고민해보았다. 많은 것을 생각하게 해주는 소설이다.

2012년 봄
공경희

지은이 조이스 캐럴 오츠 Joyce Carol Oates

1938년 6월 16일 미국 뉴욕주 록포트에서 태어났다. 여덟 살 때 『이상한 나라의 앨리스』로 처음 문학적 감동을 받았고, 열네 살 때 할머니에게 타자기를 선물받고 작가의 꿈을 키우기 시작했다. 시러큐스대학 재학중이던 열아홉 살 때 대학생단편소설공모전에 「구세계에서」로 입상했고, 위스콘신대학에서 영문학 석사학위를 받았다. 1962년부터 디트로이트 대학에서, 1978년 프린스턴 대학에서 문학과 창작을 가르쳤다. 1964년 첫 장편 『아찔한 추락』을 펴낸 뒤 오십 편이 넘는 장편을 비롯해 시, 산문, 비평, 희곡 등 거의 모든 문학 분야에 걸친 왕성한 활동으로 부조리와 폭력으로 가득찬 현대인의 삶을 예리하게 포착해왔다. 1967년 「얼음 나라에서」와 1973년 「사자 The Dead」로 오헨리상을 받았고, 1970년 『그들』로 전미도서상, 1996년 『좀비』로 브램스토커상, 2005년 『폭포』로 페미나상 외국문학상을 받았으며, 『블랙 워터』(1993), 『내가 사는 이유』(1995), 『블론드』(2001)로 퓰리처상 후보에 올랐다. 2011년에는 『악몽』으로 브램스토커상, 「화석 형상」으로 세계환상문학상을 받았다. 2003년 문학 부문의 업적으로 커먼웰스상과 케니언리뷰상, 2006년 시카고트리뷴 평생공로상, 2019년 예루살렘상을 받았다. 2004년부터 영미권의 가장 유력한 노벨문학상 후보로 거론되고 있다. 그 밖의 작품으로 『카시지』 『악몽』 『멀베이니 가족』 『이블 아이』 『대디 러브』 『소녀 수집하는 노인』 『폭스파이어』 등이 있고, 산문집 『적대적인 태양』 『작가의 신념』, 시집 『익명의 죄』 『천사의 불꽃』 『시간여행자』 『부드러움』 등이 있다.

옮긴이 공경희

서울대학 영어영문학과를 졸업했다. 성균관대학 번역 TESOL대학원 겸임교수를 역임했고, 서울여자대학 대학원에서 영문학을 강의했다. 『카시지』 『악몽』 『좀비』 『대디 러브』 『봄에 나는 없었다』 『딸은 딸이다』 『시간의 모래밭』 『호밀밭의 파수꾼』 『모리와 함께한 화요일』 『타샤의 정원』 『매디슨 카운티의 다리』 『파이 이야기』 『우리는 사랑일까』 『프레디 머큐리』 『데미지』 등을 우리말로 옮겼고, 지은 책으로 북에세이 『아직도 거기, 머물다』가 있다.

좀비—어느 살인자의 이야기

초판 1쇄 2012년 4월 20일 | 초판 12쇄 2020년 10월 22일

지은이 조이스 캐럴 오츠 | 옮긴이 공경희 | 펴낸이 염현숙
편집인 김혜정 | 기획 최원호
디자인 윤종윤 | 저작권 한문숙 김지영 이영은
마케팅 정민호 정진아 함유지 김혜연 김수현 | 홍보 김희숙 김상만 지문희 김현지
제작 강신은 김동욱 임현식 | 제작처 한영문화사

펴낸곳 (주)문학동네
출판등록 1993년 10월 22일 제406-2003-000045호
임프린트 포레

주소 10881 경기도 파주시 회동길 210
전자우편 foret@munhak.com
대표전화 031)955-8888 | 팩스 031)955-8855
문의전화 031)955-1930(마케팅) 031)955-1904(편집)
문학동네카페 http://cafe.naver.com/mhdn | 트위터 @munhakdongne
북클럽문학동네 http://bookclubmunhak.com

ISBN 978-89-546-1777-2 03840

* 잘못된 책은 구입하신 서점에서 교환해드립니다.
  기타 교환 문의 031) 955-2661, 3580

www.munhak.com